犬と生きる

辻 仁成

avec le chien

マガジンハウス

犬と生きる

もくじ

はじめまして三四郎

202201-202203

ふいに、一匹の子犬が出現をした。このご縁の不思議を辿《たど》って

1月某日、今日は朝からずっと「ご縁」について考えていた。ぼくが今、この田舎で暮らしているのも、複雑なようで実はシンプルな、いろいろな人々を介したご縁が組み合わされての結果である。

二股の道があり、左に行った時に出会うものと、右に行った時に出会うものが大きく違うように、人間は毎日、毎瞬間、目に見えない力によってご縁の機会を得たり、失ったりしているのである。

ご縁の瞬間を見逃すこともあれば、追いかけられて無理やり引きずり込まれることもある。ぼくは常に「来るもの拒まず、去るもの追わず」の精神でやってきた。そして、今日、嵐が過ぎ去ったので午後、海辺を歩いていたら、ふと頭の中を過《よぎ》ったものがあった。ところが、その次の瞬間、何かがぼくの目の前を現実にものすごい勢いで通過していったのだ。

それは一匹の犬であった。その数秒前まで、ぼくが考えていたことは、…前からこの日記で書いてきた通り、息子が巣立ったあと、人生の後半を共にするであろう「子犬と生きる人生」についてであった。慌てて、ぼくは走り去った犬を振り返った。

ぼくの目の前を過っていったわんちゃんはそのまま冷たい冬の海に飛び込み、屯《たむろ》していたかもめたちを追い払って、再び、ぼくの方へと戻ってきた。

飼い主のムッシュが、濡《ぬ》れた愛犬を抱きしめ、よくやったな、お前は元気だね、と

褒めているようなしぐさを示した。この飼い主がその犬を愛しているのがよく伝わってきた。

ぼくも、やっぱり犬を飼いたいな、と思っていたので、自分がこの子の飼い主だったら、大事にするだろうな、と思って、思わず口元が緩んでしまった。

でも、なかなか現実的に犬を飼うことは簡単ではない。やはり、生き物を飼うことの難しさという問題があった。命を粗末には扱えないし、責任を果たす覚悟が自分にちゃんとあるのか、と考えてしまったからである。

でも、やっぱり、飼いたい。可愛いな、と思った。

犬は人間の孤独を癒やしてくれる素晴らしい生き物である。その犬の飼い主のなんと幸せそうなことか。それが自分だったら、どんなに可愛がるだろう、と思った。

ところが、その次の瞬間、携帯がメッセージの着信を知らせたのである。

ぼくは携帯を握りなおし、画面を覗《のぞ》き込んだ。

パリの友人からSMSが入っていた。写真家のステファンからで、彼の知り合いのブリーダーから、「君が探していたミニチュアダックスフンドで引き取り手のいない子犬がいるんだけど、と連絡があったが、どうする?」というメッセージだった。

あまりの偶然に、ぼくはびっくりしてしまった。

子犬の写真が添えられてあった。メッセージには、電話番号が記されていたので、とにかく、ぼくはそのブリーダーに電話をかけることにした。これがご縁なのか、そうじゃないのか、確かめる必要がある、と思ったからである。

「ステファンの紹介です。ツジーです。ミニチュアダックスフンドの件で電話をしました」

「ああ、聞いてますよ。ちょっとその前に何個か質問をしたいのですが、気を悪くしないでください。これは命が関わる話ですからね」

「ええ、当然です。どうぞ」

「あなたは犬を飼ったことがありますか？」

ぼくは、一瞬、考えた。しかし、嘘はつけない、と思ったので、

「ありません。犬を飼っている友人たちが周りにはいますが、ぼくには残念ながらその経験がないんです。経験がないと飼えませんか？」と訊《き》き返した。

「そんなことはないですが、経験があった方がベターです。犬を捨てる人が増えているので、私たちはそういう人には売りたくないのです」

「もちろんです。ぼくはずっと悩んで、今日、これは何かのご縁だと思って電話をしています。その子をうちで預かることになったら一生懸命、世話するつもりです」

「わかりました。あの、どのようなご職業ですか？　つまり、犬を散歩させたり、面倒をちゃんとみる時間があるか、もしくはそれが出来る人が同居しているか、ということです」

　細かい質問だな、と思ったけど、逆に、安心できるブリーダーさんだな、とも思った。

「ぼくは作家ですから、一日中家にいます。犬の世話は間違いなく出来ると思います。

同居人は息子だけですが、この子も犬好きで、ずっと彼も幼い頃から犬と暮らすことを夢見ていたんです。犬を育てる環境は整っていると思います」
「それはいいですね。わかりました。とにかく、一度、お越し頂けますか？」
ということで、急な、それも計画的ではない、まさにご縁としか思えないようなタイミングで、犬を飼えることになるかもしれない大きなチャンスが訪れてしまった。金曜日、フランス時間の午前10時に、パリから一時間ほど離れた隣の県でその子と対面することになってしまったのだ。けっこう、勇気のいる決断だった。

ぼくは本当にその子犬を幸せに生かすことが出来るのだろうか？

自分に問いかけ続けることになる。

息子はあと一週間ちょっとで成人（フランスでは18歳で成人）になる。ぼくの子育ての第一段階は終わりを迎えようとしている。それなりに頑張ったのじゃないかと思うが、心配なのは、これからの自分である。息子が、どこの大学に行くかはまだわからないけど、もしパリの大学だったとしても、これまでとは違う時間でお互い生きることになるはずだ。その時、ぼくに寄り添うのは、この田舎のアパルトマンで一緒に過ごすのは、もしかすると、その子犬、…かもしれないのである。それはご縁の神様だけが知っていることであろう。

ぼくは金曜日が待ち遠しくて仕方なかった。

そのブリーダーさんは、誰にでも売ることはないんです、と言って電話を切った。

それは、厳しい言葉だけど、犬への深い愛情を感じる言葉でもあった。

その人から譲り受けたいと思った。

さて、どうなることやら。

ともかく、予定を変更して明日の夜にでも、パリに戻らないとならなくなった。

ぼくはそれがどんなに大変であろうと、運命とかご縁を拒まないつもりでいる。

ご報告。急転直下、子犬を育てることになりました

1月某日、一度、パリに戻り、知り合いの犬に詳しいスタッフさん（マント・ふみ子さん、当事務所のライターさん）に同行してもらい、田園地帯の真ん中にあるブリーダーさんの館を目指した。

高速を出て、見知らぬ村を通り過ぎ、美しいけどちょっと寂しい田園の中を走り、最後は、林道の泥道にそれ、そのどん詰まりに位置する、林に囲まれた犬の館へと到着したのだ。

ぼくはその時、正直、ここに来てしまったことを後悔していた。その館が見えた時、自分に育てることが出来るのだろうか、と破裂しそうなほど、悩んでいた。

子育てでさえ、日々、七転八倒しているというのに、オミクロン大爆発中のコロナ禍、そこに子犬まで、本当に大丈夫なのか、と自問し続けていた。

一年ほど前に友人のカメラマンに、子犬を育てたいのだ、と呟《つぶや》いたことがあった。その一言をぼくはすでに忘れていたが、彼は常にぼくのために犬を探してくれていた

のである。そして、不意に一昨日、海辺で走り回る犬を見ていたぼくの携帯が鳴って、どこからともなく、この子犬との出会いが出現したのである。

一日、間をあけ、その間、もう一度悩んで悩み抜き、結論が出ないまま、ぼくは高速道路でアクセルを踏むことになった。

62歳のぼくがその子犬を育てることになり、その子が仮にミニチュアダックスフンドの最大生存年数と言われる二十年を生きたとして、ぼくはその時、82歳なのである。ぼくのような回遊魚的空想人間がそこまで生きるかどうかわからないし、自分の運命についても、全く、自信がない。でも、何かわからないエネルギーに引っ張られるように犬の館の前に立っていたのだ。

到着した途端、複数の犬がエンジン音を聞きつけ、柵の向こうで吠《ほ》え出した。泥まみれの犬たちだった。

ものすごい非難の叫び声のように聞こえてならなかった。

「お前に、子犬を育てる資格なんかない」

そういう風に聞こえたのだ。寂しい場所だった。

木立の中に建つ一軒家に住むブリーダー、シルヴァンさんが大きな扉を開けて、ぼくを招き入れた。やっぱ、無理だ。ぼくには育てられない、と怖《お》じ気《け》づいた。敷き詰められた小石を踏みしめながらも、なかなか前に進めない。

小さな小屋に連れて行かれ、そこで待たされた。落ち着かない。

「こりゃあ、無理ですね」とぼくが言うと、マントさんが、

「ここまで来たんだから、辻さん、とにかく、会ってみましょうよ」と言った。

ともかく、とにかく、その出会ったわんちゃんをまずは、御覧頂きたい。

そして、この子は奇妙なことに、一度も吠えなかった。その上、視線を合わせようとしない。おびえているのがわかった。

ブリーダー氏によると、五匹くらいが生まれたのだという。生まれる前から予約があったのか、すぐに四匹は引き取り手が現れて、この子だけが残った。今、四か月目に入っているということだった。

すぐに怖がって後ろを向いてしまう。自分をアピールできないシャイな子なのである。

「コロナ禍なので、犬を飼う人が減っていましてね。むしろ、悲しいことに、犬を捨てる人が増えているんです。私はそういう人にはこの子をゆだねられない」

その人はつぶらな目だが、厳しい口調で言った。吠えた犬たちと同じ、強いトーンだった。ぼくは視線を落とし、その子犬を見つめた。その子が、ちらっちらっとぼくを見ている。「誰だろう？　この人誰だろう」という不安そうな黒い目…。そして、すぐ、視線をそらしてしまう。きっと他の子たちは闊達《かったつ》で元気だったのに違いない。でも、この子はそういう表現が出来ない子なのだ、と思った。

マントさんとブリーダーさんが専門的な話を繰り返していた。いざ、引き取ることになった時の条件とか、諸々《もろもろ》、専門的な話で、ぼくの仏語力ではちょっと理解できないような、…。ワクチンはもう一度接種しないとならないらしい。

「ドルドーニュ帰りの、1月20日くらいに、この子を迎えに来たいけど可能ですか」とぼくは、気が付くと、とんでもないことを口走っていた。まだ、息子にも相談していないのである。ブリーダーさんが目を見開き、一瞬、小屋の中に真空が生まれたけれど、次の瞬間、半分、笑っているような、息を吐き出すような感じで、ええ、可能ですよ、と言ってくれた。

「抱かせてもらえますか?」

ぼくが手を伸ばすと、ブリーダーさんが、犬をぼくの胸に優しく置いてくれた。包み込むように抱いてみた。体重が2キロくらいだそうで、最大で、5キロくらいになるのだという。

ぼくは息子を抱いていつも散歩をしていた。もう、十数年も前のことである。あの日のことを思い出した。あの子も、5キロくらいだった。

ぼくがぎゅっと抱きしめると、今度は不意に、子犬が震え出した。怖いのかもしれない。はっきりとわかるほど、ぶるぶると震え出した。それで、どうしていいのかわからないのだけど、いつものおまじない、とんとんとん、をしてあげた。

耳元で、大丈夫だよ、とささやきながら…。すると、まもなく、おまじないが効いて、その震えが止まったのだ。

暗い雨上がりの森の中に薄日が差していた。遠くで大人の犬たちが吠えていた。

「ぼくにこの子を育てさせてください。コロナ禍ですけど、この子に希望を感じました。どこまで出来るかわかりませんが、この命を大切に育てて、この子が明るい人生をつかめるように頑張りたいと思いました」と告げていた。

やれやれ。日本が遠ざかるな、と思ったけれど、ぼくは微笑《ほほえ》んでいた。

不安が、ふっきれたように、その子の親になるのだ、と思っていた。あまり力まず、悩まず、まずは、この子を家族として迎え入れようと思った。

帰り道、息子に写真を送った。

「再来週、この子が新しい家族になるよ。名前は三四郎だ」

すると息子から、「オッケー」という返事が戻ってきた。

その瞬間、子犬に名前が生まれていた。この子には、この名前しかない、と思った。

三四郎である。

三四郎がやって来る。それだけで、辻家の雰囲気が変化した

1月某日、三四郎が我が家に来ることになった、と息子に伝えたところ、反響があった。

忘れもしない、八年前、彼が10歳になったばかりの頃、ぼくと二人きりの生活が始まってまもない頃のことだ。学校からの帰り道、小さな息子はぼくに向かって、「パパ、お願い。犬を飼って」と言い出した。

「ぼくはずっと犬が飼いたかったんだ。二人より、家族が増えると楽しいでしょ?」

「そうだね。考えておくね」

考えておく、と言ったものの、ぼくは飼うつもりはなかった。子供を育てるので精いっぱいで、とてもじゃないが、そこに犬の面倒などみられるわけがない、と思っていた。

ところが、息子はあと、五日で18歳になる。そして、いよいよ大学生だ。

その直前、不意に今度はどこからともなく、三四郎がやって来ることになった。つい、三日前にはその存在さえ、知らなかった、というのに…。

天から降ってきたような話で、実はまだぼく自身実感がない。あの子を抱いたし、三四郎と名付けたし、あとは20日に彼を引き取りに行けば、その日から我が家に三四郎が来ることになっているのだけど、信じられないのである。

今朝、息子のコロナウイルス抗体検査をしに行く道すがら、三四郎との出会いなどを少し話した。へー、という感想が戻ってきただけだった。

そして、夕食のあと、不意に息子が、喋《しゃべ》り出した。何か、抑えきれないものが溢《あふ》れ出るような感じで、つまり、やっと点と線がつながり、現実を理解できたのに、違いない。犬が我が家にやって来るという現実が…。そのことを息子はぼくの妹のような存在でもあるいとこのミナにまず知らせた。母親がわりのミナから「うれしい」と連絡が入った。彼女の家にも子犬が二匹（麦と月という名前のキャバリア）がいて、夏になると息子はミナのところでその子たちの世話をした。だから、息子の心の中には、幼い頃からずっと子犬がいたのである。

一方的にいろいろと話す息子、うれしいんだな、とぼくは思った。

この日記を読み続けてくださっている皆さんはご存じのように、受験問題がぼくと息子との間でくすぶり続けており、最近はほとんど会話もない状態が続いていた。

そこに来て、三四郎がぼくらの間をつなぐような感じで、出現したのは、神様のいたずらであろうか、それとも、ご褒美…。

ぼくは、これから一人で生きていくと決意をしたそのタイミングで三四郎が現れたことを、偶然とは思いたくない、いや、思えない。

これは本当にご縁としか言えない。

そしたら、予期せず、息子が何か二人で生き始めた頃のことを思い出し、ぼくらの溝がちょっと埋まるような感じになった。

「なんで、三四郎っていう名前にしたの？」

「三四郎ってね、ぼくが昔、好きだった小説のタイトルなんだよ」

「どんな小説？」

「九州の田舎から東京に出てくる青年の話だ」

「じゃあ、一緒だね。三四郎もパリにやって来る」

「その通り、最初はパパの小説の主人公にしようと思ったんだけど、でも、なんでか、会いに行く道すがら、頭の中に、三四郎という名前が浮かんで、離れなくなった。そしたら、もう、あの子は三四郎以外にはありえなくなった。出会った時、三四郎、と心の中ですでに呼んでいたんだ」

息子が苦笑する。ぼくが思い込みの激しい人間であることは重々承知の助であった。

「けれども、ちょっと、フランス人には難しい名前だな」

「関係ないよ。パパの子だから」

「そうだね。辻家はパリの中の日本だものね」

息子は三四郎を撮影したいと言い出した。

いろいろと空想が広がっているようで、勝手なことを喋っていたけれど、実際に、三四郎が来たら、その圧倒的な存在感の前に、彼の中でも革命が起きるに違いない。これまでとは違った家族の在り方が始まるはずだ。

月曜日に、なかなかおしゃれなペットショップを見つけたので、出かけてみたい。

そんなぼくのことを息子は、くすくすと微笑んで見ている。

犬は家族をつなぐ生き物なのだ、と思った。

犬が来るというだけで、こんなにハッピーになっていいものか

1 月某日、ぼくはとっても現金な奴である。

昨年は、家事や仕事や子育てに追いかけられて、しょっちゅう鬱っぽくなって沈み込んでいたが、ミニチュアダックスフンドの三四郎がやって来ると決まった途端、そこに目標が出来、オミクロン感染拡大なんか、何処《どこ》吹く風ぞ、迎え入れる準備に明け暮れているというのだから…、やれやれ…。

もちろん、日々の仕事とか、領収書の整理とか、息子のごはんを作ったり、大変

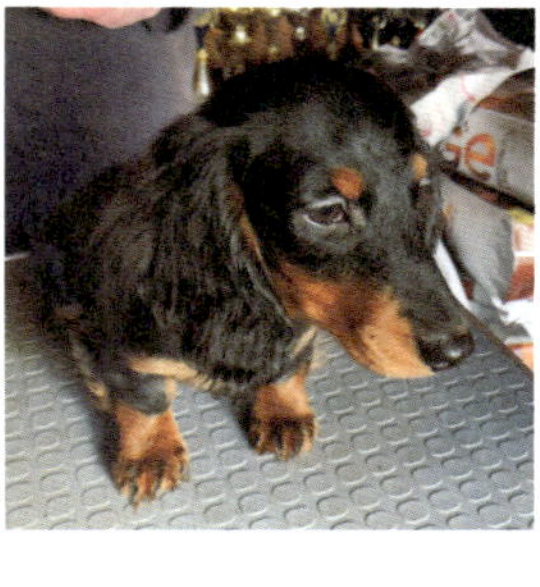

は大変なのだけど、犬が来る、ということにまるで新しい人生を投影しているような調子の良さ。何をやっても、るんるん、してしまって、いやはや、我ながら困ったものである。しかし、思えば、２０２０年3月のロックダウンに始まり、今現在、三十万人を超える感染者が出ているフランスで受験生と暮らしながら、よくもここまで頑張ったと思う。そこに来ての、三四郎の登場なのだから、うきうきしないわけがない。

その分、責任も重いけど、今のぼくは、彼を幸せにさせてやりたい一心、しいては、その幸せを自分にも分けてもらいたい、と、つまり、希望しか見ていないのだ。

今日はマダム・メイライの店に行き、彼女のご主人や兄弟たちに「ついに犬を飼うことになった」と写真を見せまくった父ちゃんであった。香港人の彼らは犬好きで、写真を覗き込みながら、中国語でなんか叫んでいたけど、たぶん、可愛い、ということに違いない。やれやれ、という顔で息子がぼくを見上げている。

「名前は？」

パトリックが言った。パトリックはぼくと同い年、メイライのご主人の弟。ちなみに、ぼくは「ヤムセン」と呼ばれている。どうも、仁成の中国語読みはヤムセンらしい。ヤムセン、悪くない。

それで、ぼくは微笑みながら、わが友人の香港人たちに、自慢げに、こう告げた。

「三四郎」

ぼくは急いで紙に「三四郎」と書いた。ほー、と頷《うなず》く香港人たち。

一と二はすでにいるので、この子が三四郎なんだよ、と説明した。ぼくにだけにわかることだが、香港人は、意味がわからなくても、笑顔で、優しく頷いてくれる。

「じゃあ、サン、と呼びますか？」とメイライのご主人。パトリックが横から割り込んだ。

「犬に怒る時はフルネームで怒るのがいいよ。普段はニックネームというか、短くとっつきやすい名前で呼んであげたらいいよ。遊んであげる時はサンとか、で、おしっこを床にしたら、三四郎！　とモードを切り替えることで自分がいけないことをした、と学んでいくんだよ。言葉は悪いけど、躾《しつけ》は大事だ。それを早いうちにやっとくべきだよ」

そのことはブリーダーさんにも言われていた。

サンは太陽のＳＵＮでいいんだけど、なんとなく呼びにくい。サンちゃん、だと、サンプラザ中野みたいだし（昔、仲良かったからね）、もっと違う言い方はないかな～、と思った。

「サンシーがいいんじゃない？」

メイライが言った。

「サンシー？」

香港人たちが満面の笑みになり、サンシー、と、シーの部分は噛んだ歯の隙間からこぼれるような中華風発音で、静かにハモった。

サンシーか、悪くないな、とぼくは思った。そして、自分が、サンシー、と彼を呼んでいる絵を想像してしまった。

それか、普段は、三四郎と呼んであげて、怒る時は、「辻三四郎!!!」という手もある。

辻三四郎、…。

水曜日にステファンから電話がかかってくる前まで、ぼくの人生に三四郎はいなかった。明日には、ペットショップに行き、まずは首輪を買う。出来れば、三四郎専用のクッションも買わないとならない。明後日には、注文していたケージが届く。ドルドーニュ地方でのトリュフ狩りから、そのまま、お迎えに行くので、犬の移動用のカゴも買わないと…。

あの子は、パリのこのアパルトマンに到着した時、どんな顔をするのだろう?

自分がこれから暮らすことになる家を見て、何を思うだろう?

ぼくの家の一員になること、喜んでくれるだろうか?

生き物を預かることに、あんなに直前まで不安があったのに、あの不安はどこへ消えてしまったのだろう。

犬と生きるということが何を意味するのか、きっと少しずつわかってくるのだろう。

不思議なことに、昨日はよく眠れたのだ。

実に、人間というものは現金な生き物である。とにかく、待ち遠しい。

ついに、辻家に、三四郎がやって来た。やあやあやあ！

1

月某日、朝、わんちゃんを迎えにパリから日本人の知り合い（犬好き）に頼んで車を出してもらい、合計三人で犬の館がある山奥を目指したのである。

ついに、ついに、三四郎と再会だぁ、と思うだけで、超興奮する父ちゃんなのであったぁ。あはは…。

だって、家族が増えるわけだし、巣立つ息子のあとの寂しい日々をこのわんちゃんと共に生きていくという新たな愛の対象が出来るわけだから、そりゃあ、不安もあるけど、今や完全に期待が勝っているのである。

「三四郎、三四郎がねー」と大騒ぎしていて、みんなに、やかましい、と叱られた父ちゃんであった。

しかし、犬の館に到着するや、ブリーダーさんが門の前で待ち構えていたのである。

「おお、ムッシュ、ツジー。ウエルカム」

三四郎とご対面。

おお、かわいい。

なんてつぶらな表情であろう。もう、メロメロの父ちゃんなのであった。

辻さん、やばいっす、と運転手のむー君が言った。ぼくも相当、犬好きですけど、この子は可愛いを通り越してるっす〜。

ぼくは契約書にサインをし、三四郎を抱っこした。

ブリーダーさんに諸々、注意を受けた。食事やおしっこ、うんちの件から、ノミとか、狂犬病の接種とか、外国へ出る時の注意、獣医の検診、とか、一度には覚えられないほどの忠告とアドバイスであった。

同行者たちはみんな、かわいい、やばいっすねーと繰り返したが、実は、そんな単純な話ではなかった。かわいい、だけではやっぱり、育てられない。

まずは、パリへ向かう道の途中、いきなりぼくの腕の中で、異変が起きたのだ。何か、不思議な動きをしたのである。うわ、なんか、変だ、と叫んだら、犬育ての名人であるスタッフさんが、

「それ、吐くんですよ。気を付けて。車酔いです。なんか、なんかないですか？」

「なんか、なんかって、お、三四郎、どうしたー」とその次の瞬間、吐いた。

ちょうど、トトロのブランケットを敷いていたので、それで受け止め、セーフ。ま、子犬だから、大したことないじゃん、余裕をぶっこいた父ちゃん…。

ところが、1時間30分もの長旅だから、その後、二回も吐いたのである。でも、初めての長距離だし、車だし、むー君の運転も粗いし、あはは、そりゃあ、車酔いしますね。ごめんね…。

サービスエリアで20~30分ごとに休憩し、ってか、全部のサービスエリアで停車し、酔いを醒《さ》まさせてあげたのだった。なので、移動に四時間…。お疲れ様です。その一つのサービスエリアでは芝生があったので、散歩もさせたのだけど、う、動かない…リードを引っ張っても、うんともすんとも言わない。この子、歩けるのかなぁ。って

か、吠えたとこ聞いたこともないし、大人しすぎるでしょ…逆に心配になった父ちゃん。

あまりに静かなのである。前回も感じたけど、吠えない子なのかもしれない。遊ぶのが嫌いな子かもしれない。いや、緊張しているだけかもしれない。

とにかく、初めてのわんちゃん、これからが正念場なのだ。デレデレのぼくは抱っこして、写真撮影をしたのである。

スタッフと別れ、ぼくは三四郎を抱えて家に戻った。ひとまず、仕事部屋に置いてあるハウスまで連れて行ったけれど、ちょっと狭いかな。というのはハウス（ケージ、サークルのこと）の周辺には出来るだけスペースを確保して、遊ばせるといい、とユーチューバーの犬専門家さんが語っていたのを思い出したのである。「子犬を育てる」で検索して見つけたYouTube番組を一通り眺めた父ちゃんであった。一応の知識は頭に入っている…。それでハウスを玄関の間へと移動させることにしたのだ。

ここは無駄に広いスペースがあり、なのに、玄関なのである。バーカウンターがあり、野郎の仲間たちとはここでコロナ前は男飲みをしていた玄関バーである。普段はハウスの扉を開けて、自由に出入りをさせる。人によって、餌は外で食べさせるとか、ハウス内で食べさせるとか、意見もマチマチなので、臨機応変に対応をしたい、父ちゃんだった。

ぼくの当初の心配はパリの大都会に出てきて、ストレスで心の病にでもなったら、どうしようと思っていたのだけど、えええええ？　気が付いたら、家に着いてから、ずっと尻尾をふっている。

「おおおお、尻尾をふってるじゃぁーん」

いきなり、メロメロになった、父ちゃん。

部屋の中で、かけっこをしたり、ちょっと離れた場所で「おいで」のポーズをすると、突っ込んできて、飛び跳ねて、尻尾ふりまくる三四郎…。あああ、きゃわいすぎるだろー、と抱き上げた瞬間、ぼくの視線の先に、無数の水たまりが…。

「おおお、これが噂《うわさ》の、うれしょん、嬉ションーン！　やりやがったな、三四郎」

ぼくは、三四郎をハウスに押し込んで、這《は》いつくばって、拭き掃除。

やれやれ、赤ちゃん以上に大変なのである。

おむつとか、ないのかなぁ…躾が大事だとユーチューバーさんが熱く語っていたのが、頭を過った。ところが…それどころではなかったぁ。

なかなかこんなに愛されることないし、最近、愛から遠ざかっていた父ちゃん、笑、無償の愛しかないと自分に言い聞かせながらも、寝室にあるロッキングチェアをハウスの前に持ってきて、そこで三四郎を眺め続けたのであった。愛の奴隷？

三四郎がぼくの足元で、抱っこしてとねだるので、仕方なく、抱え上げて、膝の上に置いてやったら、そこで、顎を突き出して、リラックスー、お昼寝…ふわーやばいなぁ。

どんだけ、懐いてんねん。かわいい。かわいすぎる。ぼくは時間も忘れて、三四郎と過ごすことになるのだった。

ドルドーニュでの地球カレッジやディープ・フォレストのエリック・ムーケさんとのセッション、しかも往復八時間の運転など、ハードな撮影のあとの、今日である。

心身共に疲れていたが、その疲れも、この可愛らしさの前でぶっ飛んでしまった。

「三四郎。よく、来てくれたなぁ」とその時、今度は三四郎がムクっと起き上がり、なんだか、未知なる動きをし始めた。ん？　もぞもぞしている。降りたいのかな、と思って、床に降ろすと、家の端っこへと突進した。

「そっちはなんもないよ。壁にぶつかるぞ」

あわてて、追いかけ、部屋の中央に戻そうとすると、今度は別の物陰に飛び込もうとする。おい、三四郎、どうした…、とその次の瞬間であった。

玄関ドアの前で、にょ、にょ、にょろ——。

「ぎゃあああああ、そんなとこでうんちすんな——」

見事なウインナーソーセージが二本、転がっていたのである。オーマイガッと。三四郎に、これはダメよと仏語と日本語で説明をし、犬用トイレに一度連れて行き、ここで、ポッポ（うんち）、ピピ（おしっこ）、せんとあかんたい、と教えた父ちゃん。死ぬほど、疲れたー。

すると、鍵を開ける音がして、おおお、今度は、うちの息子が帰ってきたぁ！

ドアを開けた瞬間、三四郎と対面した息子、満面の笑みに。ああ、こんな笑顔、パパさん、向けられたことないっす。やっぱ犬は万人の心をつかむなあ。

手を洗って戻ってきた息子が三四郎と遊び出したので、ぼくはちょっと休憩をする

ことに…。

三四郎を息子に預けて、一仕事…と、ここで、またしても、大事件が…。息子が自分の部屋に入り、ぼくがこの日記を仕事部屋で書き出した途端、「わん！　わん！わん！」と、ものすごい勢いで吠え出した三四郎。あ、ちゃんと吠えることが出来るのか、と喜んだのも束の間、これが鳴きやまない（実は、その後、四時間くらい、段階的に、吠え続け…身体、きつい）。

つまり、ぼくがいなくなると、安心できないのか、パパ、寂しいよー、と吠える。こんなに壁の薄いアパルトマンで、こんなに吠えられたら、下とか上の隣人たちに叱られるじゃあーん…。

「きゃんきゃんきゃん!!!」

わんならまだいいけど、キャンキャンなのである。息子が出てきて、

「パパ、どうするの？　夜、ハウスの中で大人しく寝てくれそうもないね。一晩中、起きてられる？」

「他人事みたいに言うなよ。お前さ、今夜、この子、預かってくれない？」

「無理…（逃げた）」

鳴きやむのであろうか…。

1

ぼくと息子との関係をつないだ、子犬の三四郎。犬はかすがいだね

月某日、三四郎が来て、我が家の雰囲気が本当に変わった。三四郎の部屋（広めの玄関）のロッキングチェアで本を読んで過ごした。すぐ左横には三四郎のベッドがあって彼はそこで寝転んでいる。そこに息子がやって来て、三四郎と遊ぶついでにぼくとも会話が弾むようになった。気が付けば、30分、一時間と親子の時間も出来て、三四郎のことを中心に会話が成立してしまうのだから、驚くばかりだ。

この一、二年、受験のせいでぼくと息子はとっくみあいの喧嘩をしたこともあった。そんなぎくしゃくしたぼくらの関係も三四郎の登場で見事に改善されてしまった。

三四郎がぼくに懐いている様子が、息子にはうれしいようで、にやにやしている。

この二日間、（というか、犬を飼う、と打ち明けてからずっと）息子は笑顔。しかも、起きてきたら、「おはよう」と言い出すし、学校から戻ってくると笑顔で「ただいまー」と言うのだから、驚くばかりである。

二人きりの時に、こんなことは起こらなかった。苦笑。

20日に三四郎が我が家にやって来て以降、まだ二日しか経っていないというのに、二人と一匹は玄関で集って寛《くつろ》いでいる。

今日の朝、ついに息子が自分用のクッションをサロンから持ち込んで、三四郎のベッドの横に置いた。つまり、ぼくが座るロッキングチェア、三四郎のもわもわベッド、

その横に息子専用のクッション（モロッコで昔買ったやつ）、が横並びとなった。
「三四郎、お前のおかげだ、ありがとう」
受験シーズン真っ盛りの辻家なのだけど、三四郎の出現のおかげで、ものすごく和やかな空気に満たされ、なんとなく、息子も元気になって、そのまま大学生になってくれたなら、こんなにうれしいことはないのである。いやはや、三四郎効果抜群であった。

さて、話は少し戻ることになるが、初日は一睡もさせて貰《もら》えなかったことが、これまた、嘘のように、ぼくへの信頼関係が出来たからか、昨夜は三四郎、一度も吠えることがなかった。もちろん、彼自身疲れて眠たかっただけかもしれないが、三四郎は三四郎の部屋で眠り、ぼくはドアを閉めて、ぼくの寝室で眠ることが出来た。

この成長速度はすさまじい。犬は人間の数倍の速さで生きているので、わずか一日であろうとその成長率は人間とはくらべものにならない。

そして、この子が賢い犬であることがだんだんとわかってきた。一番うれしかったのは、今日、ついに、おしっこシートの上でポッポ（うんち）をしてくれたことだ。ぼくは飛び上がり、三四郎を抱きかかえ、「ブラボー、ブラボー、サンシー、君は最高だぞー」と叫び続けた。三四郎にもぼくが喜んでいるのが伝わるみたいで、「いや〜、それほどでも〜」と後ろ足で、背中をぼりぼり、掻《か》いていた。

でも、おしっこは床でやったので、まだまだ、百点はあげられない。

ともかく、ぼくは七時間、爆睡をし、起きたら8時で、慌てて、三四郎を覗きに行

ったら、ぼくが顔を出した時に彼も目覚めたようで、くううううーん、と甘えてみせた。

　ぼくは朝ごはん（クロケットと呼ばれる犬用の餌）を用意し、ちょっと水を垂らして柔らかくふやかしてから与えたら、よく食べてくれたので、安心…。そのままバッグに入れて、エッフェル塔まで散歩に出かけ、公園で一緒に走った。我が家にやって来た初日は人と車が溢れるパリが怖いのか、いくらリードを引っ張っても動かないし、抱きかかえると震えており、こりゃあ、時間がかかるな、と思っていた。しかし今日は、30メートルくらい一緒に走ることが出来たのだ。思わず父ちゃん、ガッツポーズ！

「サンシー、セビアーン（いいね〜）、トレビアーン」という感じで、初日の大変さがまことにウソのように三四郎の成長に大喜びの父ちゃんなのであった。

　だいたい、おしっこを覚えるのに一週間から十日くらいかかるといわれているので、なんとかそこまでには覚えてくれそうな気もする。

「おいで」と言うと、飛んでくるし、「待て」と言えば一応、待ってくれることもあるし、「ダメ」と言うと、いたずらをするので、ま、やれやれ。日々、成長過程。

　ともかく、辻家に慣れてきて、ぼくのスリッパは噛むは、移動用カバンのチェックは噛み千切るは、ぼくのズボンのチャックはおろそうとするしィ…、笑。そこは、あかんでしょ、と窘《たしな》める父ちゃんであった。

　ところで、今日、ぼくもちょっと失敗をやらかしてしまった。ブリーダーのシルヴァンには「一週間前に身体を洗ったので、お風呂は十日後くらいでいいよ」と言われていたのに、犬の館があまりに泥だらけで、しかも、三四郎は車の中で吐いたからか、耳の毛にこびりついた嘔吐《おうと》物が…、あと、尻尾とかが田舎の犬の館の泥か何かでぐちゃっと固まって固形化していて、あまりに汚く、かわいそうで、悩みに悩んで、お風呂に入れてしまったのだった。

近所のペット用品店で購入した有機のいいシャンプーがあったから、ま、大丈夫かな、と思ったのだけど、乾燥させてしばらくするとフケが出て、ちょっと大変なことになった。

ぼくはペット用品店に三四郎を連れて行き、こうなっちゃったよ、と仲良くなった女店員さんに見せたら、人間と同じでシャンプーにかぶれることもあるし、お風呂は三週間に一度くらいにしてね、と教えられた。皮膚をチェックして貰ったら、いい状態なので、心配はいらないわ、とウインクをされ、ま、失敗というか、いい勉強になったよ。今度、優しい獣医を紹介して貰うことにもなった。

帰り道、すれ違う人が、

「おおおお、トロミニョ――――ン（めっちゃきゃわいい）」と呟いて通り過ぎていくのを、無表情でやり過ごしながら、内面はデレ～としてしまう父ちゃん…。というのも、自分が犬を飼う以前は、トロミニョ――――ン、と言うのはぼくの側で、飼い主は皆さん、それにいちいち反応をしない、超ツンデレ仏人リアクション。

ぼくもいつか、わんこを飼ったら、パリの人たちに負けないくらいツンデレするんだ、と決めていたので、内心はうれしいけど、すまし顔で、ふふふ、と通り過ぎていくふりをしたのだが、……ええと、数歩歩いているうちに、じわじわ頰が緩み、そのうち目が撓《しな》り出し、自分が褒められたみたいに喜んでしまい、ぜんぜん、パリジャンにはなれないニッポンの父ちゃんなのであった。

だって、褒められると自分のことのようにうれしいじゃんねー。

家に帰ると、ディープフォレストのエリック・ムーケから彼のスタジオで収録した「荒城の月」のミックスが届いていて、おおお、と思ってかけたら、おもちゃで遊んでいた三四郎が、その美しいエリックのシンセ音に反応し、動かなくなり、ぼくを見上げて、つぶらな目をもっと丸くしたのが、ちょっと新鮮だった。

この子、さすが辻家の一員、音楽が大好きなのである。

音楽が聞こえてくると、耳を傾ける。昔のレコード会社の、蓄音機を聞く犬の絵を思い出した。

「これ、パパの歌だよ。どう?」

「くううううううーん」

何か喋っている。犬語がわからないけれど、音楽がわかるんだ、とうれしくなり、辻版「荒城の月」をループさせて聞かせてしまった。

いつか、ぼくのライブを見せたいなァ。

「サンシー、我が家に来てくれてありがとうね。君のおかげで息子ともうまくやれるようになった。全部、君のおかげだよ」

「いいえ、どういたしまして」

え？　ぼくは驚いて三四郎を見下ろしたけど、彼はぼくの足の間で寝ていた。でも、なんとなく、この子はぼくの言葉を理解できるのじゃないか、と思える瞬間がある。言語を理解するというのではなく、心で通じ合える気がしてならなかった。いつか、本当に三四郎と会話が出来る日が来るような気がしてしょうがない。ぼくは三四郎の頭を優しく、なでなで、してあげた。

君はもう、何も心配しないでいいんだよ。死ぬまでここでぬくぬく生きなさい。ここは君の家だ。ぼくが君のお父さんなんだから…。

1 フランスで三四郎と生きる人生が待っていたこの不思議について

月某日、人の一生というのは誰にもわかるものではない。昔の自分は、今の自分の人生を全く想像することができなかった。文化的には影響を多少受けていたが「フランスで暮らしたい」などと思ったことさえなかった。でも、押し出されるように、ぼくはある日、日本を離れることになった。ここを目指して生きてきたわけではないのに…。

これは本当に偶然の積み重ねで、それを言えば、うちの息子は日本人なのにパリで生まれ、ここフランスで成人を迎えた。彼こそ、なんでぼくだけ、と長年思って生きてきたはずだが、誰のせいでもない、これを運命というしかない。

そして、気が付けば、どこからともなく不意に子犬がやって来て、ぼくは迷わず、三四郎、と名付けた。その子は今日もぼくの腕の中にいて、ぼくをすっかり魅了し、しかも彼はぼくを頼り切って我が家に普通に居座っている。

すくなくとも、ぼくはこの子とどっちかが死ぬまで、共に生きていくことになる。どういう人生の終わりがぼくを待ち受けているのかわからないけれど、ぼくはじたばたすることもない。

自分ではコントロールできないこの運命というものの流れに身をゆだねて、行けるところまでこの舟を漕《こ》いでいく。

名誉も、お金も、特に今は求めていない。求めているものがあるとするならば、静かな幸福で、それはこの三四郎と昼寝をする時間だったり、三四郎と川べりを散歩することだったり、三四郎のうんちを「くちゃいくちゃい」とか言いながら片付けている瞬間だったりする。

ただ、犬がこんなに素晴らしい生き物で、犬がぼくに与えてくれる優しさや温もりは、ぼくという人間の心の根本に差す光そのものでもある、ということを知ることができた。

この子を抱きしめている時のぼくには、感謝しかない。それをなんと呼べばいいのか…。あるいはそれを「愛」というのかもしれない。

人間というのは、わざとではないにしても、押しつけがましい生き物でもあるから、時に、辟易《へきえき》とさせられる。人間は人間に苦しめられる。それは事実だろう。でも、仙人ではない限り、人間は、人間社会の中で生きていかないとならない。人間はある意味で孤独なのだ。隠す必要はない。笑われるかもしれないが、孤独でいたい人間だって大勢いる。そういう社会から疎開したい人間にとって、犬は孤独を温める存在にもなりうる。

ぼくは孤独で上等と思って生きているけれど、犬は彼らにしかないある種の能力で、そういう意固地な人間の孤独と思い込む悪い部分を中和させてくれる。なので、孤独の居心地が不意によくなるのだ。孤独を隠す必要がないということがますます、わかってくる。

犬には、人間にはない、スピリチュアルな波動があって、これは個人的な見解なので、科学的根拠はゼロなのだけど、波長が合えば、その犬から与えられるエネルギーで、自分の中の悪い影が駆逐されていく、ような気さえする。

わずか四か月しか生きていない三四郎の存在が、六十二年も生きたぼくの精神のくぐもりを浄化させてくれるのだから、頭が下がる。そして、この子を思う時にこぼれる笑みには、人間の心の病んだところから湧き上がる、相手を打ち負かそうとするアイロニーなど一切含まれておらず、一方で、子犬に導かれるこの無垢《むく》な幸福を無抵抗に受け止めてしまう自分が存在していたことを知ることも出来、思わず、感動している始末である。

今日もずっと一緒にいた。そして、昨日はすべて床にぶちまけていたポッポ（うんち）とピッピ（おしっこ）を見事に全部、おしっこシートのど真ん中に着弾させ、ぼくを驚かせた。それがなんだ、とか、言わないで頂きたい。こんなことで感動できる自分にも、ぼくは確かに驚いている。そして、子犬がぼくに与えている幸福というものが、この寂しい生涯の中にまぎれもなく意味を降り注いでいることにぼくは着目した。なので、今日は、三四郎の目を覗き込んで、「来てくれて、ありがとう。君のおかげだよ」と告げた。ぼくの都合で彼を生かすことは出来ないけれど、ぼくは彼の都合で振り回されることをうれしく思っている。

今日も、朝の5時に、三四郎は寝室のドアをノックした。「くうううーん」と鳴いて、ぼくを呼んでいたが、吠えることはなかった。そして、ぼくは6時半にようやく起きて三四郎の部屋に入ってみると、特大のポッポが、犬小屋の前のシートのど真ん中に鎮座していたのである。

「ああ、そうか、君はこれが出来たことをぼくに報告しに来てくれたのか」

ぼくは三四郎を抱き上げ、何度も頬ずりをし、「よくやったね、よく出来たね、えらいねー」と言い続けた。

そういう時の自分をぼくは認めなければならない。

孤独を隠さないで生きることは人間にとって大事なことなのである。

夜のエッフェル塔を散策するのがぼくらの愉《たの》しみなのである

2月某日、ちょっと足を延ばし、夜（22時）、三四郎とエッフェル塔の周辺を散歩した。ぼくは時々、落ち着かなくなるとエッフェル塔を見上げに行く。三四郎のリードを引っ張って、黙々とエッフェル塔を目指すのだ。夜だとほとんど車も走っていないので、大通りを二人で渡ることもある。

見晴らしのいい場所があって、とりあえず、そこを目指す。

三四郎は光線を出すエッフェル塔が気に入ったみたいで、ずっと見上げている。

ぼくもその横で同じように見上げている。

「夜の滑走路」と名付けたエッフェル塔の公園に沿って伸びる道があり、そこはかつて、この二十年間、ぼくにとってはランニングコースの一部であった。直線が２００メートルくらい続く場所があり、そこでダッシュをするのだ。

今は、そこを三四郎が走っている。三四郎もここを走るのが好きなようで、彼を疲れさせるのにちょうどいい。笑。疲れると夜はぼくを求めないで、勝手に寝てくれるから、疲れさせないとならない。２００メートルのダッシュは犬も疲れるが、ぼくも疲れる。三四郎が来て、一日二、三時間は散歩に時間を費やすようになり、しかも、毎晩、一緒に走っているので、健康的になった。筋肉痛はひどいけど…。

エッフェル塔は一時間おきに「シャンパンフラッシュ」をするので、ぴかぴかと輝く時は三四郎を抱っこして一緒に眺める。今日は残念なことにシャンパンフラッシュ

の時間にはぶつからなかったけれど、近々、右岸に渡り、トロカデロ宮殿前から一緒に眺めてみたい。

渡仏二十年、ぼくは今もまだここにいて、新しい家族の三四郎とエッフェル塔を見ていることの不思議を思う。

しかし、変わらないこの鉄の貴婦人はぼくを毎晩癒やしてくれるのである。

2 三四郎を獣医さんのところへ連れて行き、初検診であった！

月某日、今日、ぼくは三四郎をパリの獣医さんのところへ連れて行った。下の階のフィリピンちゃん（ビーグル犬のオラジオを飼っている）から、紹介してもらったのだ。特に、体調が悪いというわけではないけど、ぼくはこの通り素人だから、かかりつけのドクターがいた方が安心だし、初検診という感じで、診てもらうことにしたのである。

とってもモダンなクリニックで、受付にはペット用品も売られており、奥に診察室がいくつかあり、下が手術室（？）かなァ、けっこう、広くて清潔なクリニックであった。

そして何より、女医さんが、とっても素敵な感じのいいマダムで、「まあ、なんてかわいいテッケル（ダックスフンド）なの？」と笑顔になり、いきなりサンシーを抱きしめ、おでこにキスをした。お!!!

三四郎、鼻の下を伸ばして（一応、この子は男の子。美人になぜか反応する）、いや〜、それほどでも〜、のポーズをとった。あはは、人気マンガのしんのすけか。ともかく、獣医さんなんだから、動物好きは当たり前なのだけど、それを全身で表現してくれるところが、よかった。世間話のような感じで、いつのまにか初検診が始まったのだが、三四郎、緊張するどころか、犬を扱うのが本当に上手な先生の、思うがままに操られ、完全に従っている。さすが、としか言いようがない。

「外ではポッポ（うんち）もピッピ（おしっこ）もまだ出来なくて」

先生、にこっと微笑んで、根気よく教えてください、根気よく、と言った。

「とにかく、車に乗せたらすぐに吐くんです」

先生、にこっと微笑んで、そのうち慣れるわよ、と言った。

質問したいことが山ほどあったが、やはり、専門用語がわからない。何度も質問を繰り返さないとならなかったけれど、先生がとってもいい人で、丁寧に教えてくれたので、助かった。

「今は一日に30gずつ三回ごはんを与えています」

「二回にしてください。一回の量を40から45gくらいにして。でも、太らせちゃいけませんよ」

散歩のことも話した。

「なるほど。エッフェル塔周辺の犬が集まる公園によく行くんですね、じゃあ、他の動物から何か（この辺のフランス語はちょっと専門的すぎて、わからなかった）を貰わないためのワクチンを打っておきましょう」

ということで、いきなりの、注射。げ、先生が注射器を取り出したので、まず、驚いたのは、父ちゃん。

「ほら〜、美味しいわよ〜」と先生が三四郎に魚のおやつを与えながら、神業かよ、と思う速度で、ぶすっ。一本目のワクチンが終わった。続けて、もう一本…。

「なんすか、それ?」

「これは狂犬病のワクチン」

「えええ。もう!」

「早い方がいいでしょ? いつでも、日本に帰れるように」

「そうすね」

先生が、四角いおやつを出して、三四郎に食べさせた。ちょっと硬いのか、うまく食べられない。先生が、「なんて、かわいい子なの」と言いながら、ハサミで、そのおやつを小さくカットし始めた。食べやすいサイズにカットして、再び与えたのだけど、まずいのか、サンシー、食べない。そしたら、先生が、笑いながら、三四郎の口に手を入れ、がばっと、本当に、頭蓋骨が取れそうな勢いで、口を大きく広げ、有無を言わさない速度で、そこにおやつを押し込んだから、ひっくり返りそうになったのは父ちゃんの方であった。先生、おやつを三四郎の喉奥に詰め込んで、再び、穏やかな顔に戻って、「かわいいわね」とうっとりした目で三四郎を見つめている。な、何が起こったんじゃ?

「先生、そのおやつ、そんなに食べたそうじゃなかったですけど…」

一応、訊いてみた。

「これはね、虫下しの薬なのよ。来月、もう一度食べさせるわね」

「ああ、そうなんですね。なんだ、早く言ってくださいよ」

「でも、ムッシュ、この子はかわいいわよ。というのは、このタイプの長髪のミニチュアダックスフンドが少ないの。毛の短い犬種が主流だし、この子、ロン毛で、毛質もキレイだし。ここまでバランスが良い子は本当に珍しいのよ。ところでお名前は？」

「三四郎です」

「しゃーんすいーりゅおー…」

先生、覚えられない。

「この子のパスポートを発行しますね。帰りに受付で貰ってください」

ということで、初検診は無事に終了。

二種類のワクチンと虫下しの薬と、何かわからないけど、（聞き取れなかったので、あとでパスポートに記載されたものをチェックします）、なんかのお薬を飲まされたが、三四郎、いきなり公式のパスポートをゲット！

「四か月、五か月程度でこんなに大人しい子も珍しいんですよ」

「そうなんですか？」

「普通は動き回って、大変なのよ。確かに、この子は好奇心は旺盛だけど、他の子よ

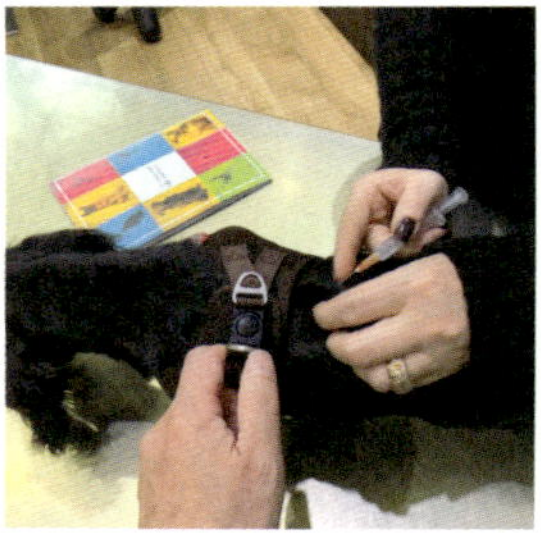

り穏やかですね。育てやすいでしょう」

ぼくはにんまり。帰りに受付でパスポートの発行を待っていると、先生が携帯を持って走ってやって来た。

「あの、ムッシュ、写真、撮ってもいいかしら?」

「え? ぼくの?」

周囲にいた人が大爆笑。先生が肩をすくめて、三四郎の写真を撮影し始めた。受付にいた人たちも立ち上がり、かわいい、と言い出した。

「本当にかわいい。来月、また会いましょうね。し、しゃ、しゃーんすいーりゅおー…」

もはや、中国的な響きの三四郎であった。しぇーしぇー。

ぼくは新しいリードと歯磨きおやつをそこで買って外に出た(革のリードはすでに噛み千切られてしまったのだ。狩猟犬は歯が鋭い)。

ともかく、三四郎は健康なのだそうだ。何よりであった。

2 鳴きやまない子犬。三四郎、田舎生活の苦難いきなり

月某日、一つ、三四郎に成長があった。それは車に乗ったら必ず吐いていたのだけど、今回、田舎までの四時間近い旅の最中、一度も吐かなかったのである。獣医さんが「慣れるしかないわね」と言っていたので、気の長い道のりかな、

と思っていたが、四時間も高速を走ったにもかかわらず、大丈夫だった。助手席におしっこシートを敷き詰め、げー袋も用意し、挑んだのだが、…。よっしゃ、と到着時に思わずガッツポーズの父ちゃんであった♪

パリの家で買った柵がとってもよかったので、田舎のために同じものを購入し、運び込んだ。かなり重いので、荷物、柵、三四郎を抱えて、4階（日本の5階）まで、うぅう、試練の道。

田舎の家には階段があるし、区切る必要があった。全部をいきなり開放してしまうと、新しい床がダメになるのも嫌で、外でポッポとピッピが出来るようになるまで、もうしばらく、柵で、仕切って、三四郎の居住空間と父ちゃんの場所を区分けしなければならなかった。

ところが、その夜（昨夜）、大変なことが起きたのである。長旅だったし、この地方が大雨だったので、夜の散歩が出来なかったのだ。ありゃ。それと、毎度のことだが、海の嵐（タンペット）が酷《ひど》く、ごおー、ごおー、と一晩中うるさかった。

食事の回数を減らしなさい、とドクターに言われたので、普段よりちょっと多めの夜ごはんを与えたら、不意に満腹になったこともあり、すぐに寝てしまい、案の定、夜中に目覚めやがった。ぼくは三田文学《みたぶんがく》さんに原稿を送ってから寝たので、三四郎とちょうど入れ替わりだったのだ。これは、皆さんの想像通り、最悪のタイミングである。

寝室とお風呂場は三四郎の敷地内にある。だから、ドアを閉めて寝たのだけど、夜中に目覚めた三四郎、知らない家だし、嵐で窓がガタガタ、風がごぉー、ごぉー怪獣だし、寂しいのは当たり前で、寝室のドアの前で、くーん、くーん、と鳴き出した。起きて、寝かせつけようと寄り添ったのだけど、父ちゃんも眠い。それで、ほったらかすことにしたら、今度は、わんわん、吠え出した。

「な、なんでだよー、パパしゃーん、こんな怖い家やだよー、寂しいよー、遊んでよー」

けれども、ここで躾けないと毎晩、夜に吠える癖がついてしまう。ぼくは悩んだ。夜中の3時だったが、ぼくは灯りを消して寝た。幸いなことに、田舎の建物には人がいない。一番近い隣の建物まで100メートルくらい離れている。うちは最上階なので、いくら鳴いても大丈夫。10分も吠えたら、鳴きやむだろうと思ったのだけど、一時間以上、吠え続けやがったぁ…。

これはさすがにいけない。でも、ここでノコノコ出て行けば、「この人、吠えれば来てくれる」と思うだろう。猛烈に悩んで、鳴き声に心を痛めた父ちゃんであった。

ネットを見たり、ツイートしたりしながら気分を変え続けたけど、朝5時を過ぎたので、さすがに、ここで決着をつけることにして、前回、一度やって、効力のあった「フライパン大作戦」をやることにした。一度、顔を出し「吠えちゃダメ」と叱ってからキッチンに向かう。フライパンとオタマを持って、何食わぬ顔で寝室に再び戻る父ちゃん。

ピッピはシートの上でちゃんと出来ていた。ポッポはしていない。当然、しばらくすると、わんわん、が始まったので、5分ほど待ってから、ドアを開けて、出た。

「うわっはっはっは、辻鬼大魔神じゃああああああ」と心の中で叫びいきおいをつけてみた。それから、フライパンを三四郎の方に向け、中腰になると、オタマでカンカンカンカンカン、とフライパンを叩いてやったら、三四郎、目を丸くして、自分のベッドに逃げ帰り、そこから大魔神を見上げたのだ。大魔神は仁王立ちになり、フライパンとオタマを天高くかざし、数秒動かず、三四郎を睨《にら》んでやった。それから、何事もなかったかのような後ずさりで、寝室に戻り、ドアを閉めたら、しーん。効いた。

朝の9時まで、二人は静かに眠れたのであった。

今朝、お腹いっぱいごはんを食べた、三四郎。

いよいよ、これから海まで散歩に行くのである。

二人は仲良しだ。もう、寂しくない。

いってきまーす。

わん♪

2

ぼくは三四郎を海に連れて行った。興奮する三四郎に感動した！

月某日、今日、ぼくは三四郎を、彼にとっては生まれて初めての海へと連れて行った。ところが、三四郎は海を見た途端、興奮して暴れ出し、今まで見たこともない感じで走り回り、リードを引っ張り、けれども遠くへは行けず、結局、ぼくの周りを何度も何度もぐるぐるぐるぐると回って、最後はでんぐり返り、ひっくり返り、起き上がってはまた転び、おいおい、どうしたんだよ〜、砂だらけの顔になっちゃったじゃん、となった…。笑。どんな反応になるか、全く、想像が出来なかったが、こんなに興奮するとは思わなかった。

犬は海が好きなんだ、と気が付いた父ちゃんであった。というか、人間も動物もカモメもみんな海が好きなのである。海はそれだけで、もう十分に偉大だ。

ぼくは三四郎と小一時間、浜辺を散歩し、水平線を眺め、打ち寄せる波の音を聞いて、三四郎を抱き寄せ、よしよし、と頭をさすってやるのだった。

でね、三四郎のとある性格がだんだんわかってきた。それは他の犬とすれ違う時、特に大きな犬とすれ違う時、三四郎はちょっとビビっている。たぶん、昔、犬の館で噛まれたトラウマがあるからだろう。大型犬が視界に入った途端、いきなり、その場にうずくまって、動かなくなる。伏し目がちになって、遠くから近づいてくるわんこをじっと見ている。で、大型犬たちが三四郎なんか相手にしないで堂々と通り過ぎると、三四郎はその犬を追いかけていく。すれ違う時は逃げ回っているのに、遠ざかると、必死で追いかける。不思議なツンデレなのである（どうやらこれが犬の習性らしいことにのちに気が付くことになった）。

一方、小型犬は三四郎に興味を持つ犬が多くて、近づいてくると、三四郎、最初は様子を見ているが、不意に、噛みつこうとしたりする。困ったやつだ。だから、先方の親も、困ったという顔をして、去っていく…。で、自分で吠えておいて、三四郎は

大型犬と同じように、小型犬たちのあとも追いかけていくのである。でも、向こうはもう戻ってこない。その戻ってこない犬をいつまでも寂しそうに見つめている三四郎。この子も、この子なりに、生きているんだな、と思うと胸が締め付けられる。頑張れ〜。

昼食後は一緒に昼寝をして、昼寝が終わったら、ボール投げをして汗をかき、楽しい時間を過ごした。

ぼくはきっと子育てとか動物とかの世話をするのが好きなのであろう。

人間のぼくと犬の三四郎との間には、いったい何があるのだろう、と思う毎日である。でも、一人だとつまらないのに、三四郎が一緒だと楽しいし寂しくない。

三四郎を抱えて歩いていると犬好きな人が次々に声をかけてくるので、また、新しい世界が広がる、という感じ。こんなに世界には犬好きがいるんだ、と気付かされる。

漁港を歩いていた時、街のちょい悪連中とすれ違ったのだけど、ギャングっぽい連中（本当はいい人たちなのだろうね）が、全員、笑顔になって、やべ〜、トロミニョ〜ン（超かわいい）と呟きながら通過していったのである。

子犬は世界を救うな、と思った父ちゃんなのであった。

夕方、今度は三四郎に夕陽を見せてやりたくなって、海側ではなく山側へとのぼってみた。高台から見下ろす世界はまた別世界の美しさであった。

「三四郎、見ておけ、これが夕陽だ。あれが太陽なんだ。海にも負けない偉大なものだ」

三四郎はぼくの腕の中でぼんやりと夕陽を眺めていた。
三四郎なりに夕陽を受け入れようとしているのである。
明日はもう一度、海に連れて行ってやろう、と思った父ちゃんであった。

ニコラとマノンが三四郎に会いに来た。1、2、サンシー、レッツゴー！

2

月某日、一日、五十万人の感染者を出していたフランスのコロナ感染状況が峠を越えたようで、今日一日の感染者数は八万人程度にまで下がった。春が訪れる頃にはオミクロンがすっかり消え去ってくれていることを、願うばかりの父ちゃんである。

そういう春の到来を予感させるような快晴の土曜日、近所に住む少年、ニコラ君とマノンちゃんが久しぶりに二人揃って、三四郎に会いにやって来た。彼らのお父さんが年明け、オミクロンに感染していたので、ずっと会えずにいた。ニコラとマノンは学校には通っていたけれど、もしも、感染していたら、ぼくにうつすかもしれないので、会いたいけど我慢していた、ということだった。連絡が途絶えたので、心配だったが、今朝、ニコラから、「お昼前に遊びに行ってもいい？」とメッセージが入った。

ニコラとマノンはドアを開けるなり、「わー、子犬だ、トロミニヨーン（超かわいい）」と大騒ぎし始めた。さて、三四郎はどういう反応か。それが、ちょっと不思議な動きをしてみせた。まず、マノンには尻尾をふるのだけど、ニコラに関して言えば、じろっと様子を見ている。子供だとわかるみたいで、この子は尻尾をふるに値するか、などなど、子犬なりに観察している感じなのであった。ニコラが抱き上げようとすると、一瞬、噛みつく真似をしてみせる。ニコラも生き物に慣れてないので、ビビって、へっぴり腰になってしまう。こうなると、三四郎はがぜん強気に出る。ニコラの長袖Tシャツの袖に食らいつき、引き千切る真似をした。

「わあ、ムッシュ。噛んでるよー」

「こら、三四郎。ダメだよ。噛んじゃ」

ぼくは三四郎の口の中に指を入れて、ゆっくりと押し開ける。

「ムッシュ、怖くないの？　噛まない？」

「ぼくは噛まれたことないけど、息子君はよく噛まれているよ」

ぼくは、わざと三四郎の口の中に自分の小指を突っ込んで見せた。

「三四郎、噛みたければ噛んでもいいんだよー」

でも、噛まない。二人が目を見開いて、驚いた顔をして覗き込んでいる。三四郎は「ムッシュ、いい迷惑なんですけど」という顔をしているが、でも、噛めない。ぼくは手のひらの柔らかい部分を口の中へと押し込んだ。

三四郎、ぼくがしつこいので、ついに、手を舐《な》め出した。唸るニコラとマノン。

「なんでムッシュは噛まれないの？」

「うーん。この人は噛んじゃダメだって、三四郎なりにわかるんじゃないかな」

「じゃあ、僕は噛んでもいいんだ？」

三四郎が、今度はニコラのTシャツの胸のあたりに嚙みついた。ぼくはすぐに三四郎の口を押し開けて、シャツを取り出す。

「攻撃しているんじゃなくて、たぶん、じゃれてるんじゃないかな。友だちになりたいのか、それか、様子を見ているのかもしれない」

「なんの様子？」

「この子は、自分より、上か下か？」

マノンが噴き出した。君は下に見られているのよ、と言ってニコラをからかった。

「私、嚙まれないもの」

ニコラが三四郎をマノンに手渡した。三四郎、マノンの腕の中で大人しくしている。確かにマノンには何か母性のようなものを感じるのかもしれない。大人しい。腕組みして、苦々しい目で三四郎を睨みつけるニコラ君であった。

「犬って、おっかなびっくり接したら、そんな風になるよ。逃げたり、力を入れたらダメみたい。犬を怖がってるのが伝わるから、そういう人には試しに来る。ぼくは会った日から今日まで、一度も嚙まれたことがないんだ」

「へー」とニコラ。

「逆に息子君は抱っこしても、ずっと嚙まれてるよ。ニコニコしているけれど」

笑う、二人。

「ところで、君たち、最近はどうなの？」

訊いてみた。

「うん。大丈夫。感染はしなかった」とニコラ。

「パパはどう?」

「もう、元気になったよ」

「ママは?」

「ママも元気です。新しい恋人さんが一時期的に転がり込んできました」と、マノン。

「じゃあ、賑やかだね」とぼくは穏やかに話をまとめておいた。

ニコラがマノンの顔色をうかがっている。なんとなく、暗い…。

「どったの?」

「別に、なんでもないよ」とニコラ。

「でも、コロナで仕事がないんだって」

「ああ、そうか」

「うち、狭いからね、四人だとちょっと…」

「じゃあ、また、遊びにおいでよ。三四郎もいるし」

二人が笑顔になった。

「三四郎ってどういう意味なの?」

ニコラが訊いてきた。

夏目漱石の話をしてもわからないだろうから、ワン、ツー、スリー、フォーって意味だよ、と説明した。1、2、サンシー、レッツゴー!

「へー、いいね」

でまかせだったが、悪くなかった。今度から、フランス人にはそういう風に説明しようかな。

三四郎とニコラとマノンがぼくを見て、なんで、笑うの、という顔をした。

なんだか、いいよね？

「1、2、サンシー、レッツゴー！」

これはぼくからこの二人に贈るメッセージでもあった。

ニコラとマノン、ちょっと会ってないうちに、ずいぶんと大きくなった。親が離婚をして、それぞれの家を行ったり来たりしているようだが、この子たちは力を合わせて乗り越えているようなところがある。コロナもきっと乗り越えられる。だから、人生の壁なんか問題じゃない。彼らのお父さんが言っていたけど、マノンがニコラの母親代わりをしているようで、確かに、久しぶりに会ったマノンが見違えるように大人になっている。ちょっとマリア様っぽい。

コロナ禍でもこうやって頑張っている子たちがいること、その子たちがこうやってぼくを頼ってやって来てくれること、そして、三四郎とも仲良くなったことなど、大げさな言い方ではあるが、人類の愛の連鎖を感じてならない。

「きっと大丈夫。いいかい、きっと大丈夫だ」

ぼくは三四郎と戯れる二人に向けて、日本語で、そう伝えるのだった。

「1、2、サンシー、レッツゴー！」

つ、ついに、三四郎がお外で初ポッポ。感極まる父ちゃん!

2月某日、とってもいいことがあったので、ご報告をしたい。かねてから、三四郎には乗り越えないとならない至上命題があった。それは、外でピッピとポッポが出来るようになることだ。今まで、ピッピは二度お外で出来たが、いまだポッポは成功していない。我慢して、我慢して、家に戻るとおしっこシートに辿り着く前に、出ちゃったァ、という感じで、パパしゃんに怒られてばかり。とはいえ、犬を飼うのが初めてのぼくには、教え方もわからない。あの手この手で指導しながら、毎日、一緒に散歩しているのだが、成果はなし。もしかしたら、この子はお外では出来ないわんちゃんなのかしら、自分を人間だと勘違いし、外でなんか出来るわけないでしょ、と思っているのかもしれないなァ、とか諦めモードに入っていた父ちゃんだったが、…。

今日、セーヌ川河畔近くの歩道で、不意に動かなくなった。

「行くぞ。三四郎」

リードを引っ張ろうとしたら、あれ、あれ、お尻が浮いとらん?

ぼくは口をつぐみ、素知らぬ顔で、見守ることにした。お、ややや、ありゃ〜、出てるじゃん。ちょっと身体をひねって、三四郎のお尻の方を覗き込んだら、おおお、やっぱ出てる〜。し、しかし、メトロの出口の真ん前、めっちゃ目立つ場所だったから、通行人が笑いを必死でこらえながら、通り過ぎていく。いや、そんなこと父ちゃ

んはぜんぜん気にならないのである。だって、お外でうんちが出来たんだもの、やっと犬としての正しい行動がとれたことで、ぼくは胸を撫《な》でおろし、次の瞬間には、「ばんざーーい、三四郎〜、おめでとう」と叫んでいたのだ。しかも、特大のポッポが4本。4本である。ぼくが笑顔で、ポッポ用ビニール袋（この日がいつ来てもすぐに取り出せるように常に携帯していたのだ）を取り出し、つまんで、くるりんと結んで天高く持ち上げると、太陽さんが、よかったね、と祝福してくれた。

ちゃんとお外でポッポが出来たので、ぼくは彼の大好物のサーモンのおやつを取り出し、ご褒美に一つあげた。しゃがんで、頭を撫でて、よくやったね、えらかったね、と教えてあげると、三四郎は尻尾をふって、こたえていた。

それは、息子が初めて自分で立ち上がった日の感動に似ていた。人間も犬もやっぱり生き物で、一つ一つ、こうやって学んでいくのである。それはぼくの人生も一緒で、62歳になった今でも、ぼくは毎日、生きることの意味を学んでいる。学ぼうとしている。おめでとう、三四郎。

ぼくらは行き交う人々をぬって、公園まで行き、いつものように、一緒に走った。太陽がまぶしかった。風はまだ少し冷たかったけれど、春を予感させる草の香りを含んでいた。

ジャン・フランソワのカフェに行き、カフェオレを注文して、温まった。

三四郎はぼくの腕の中で、眠っていた。その時、交差点の向こう側を一人歩く、あの人が見えた。数日前に、愛犬のミニチュアダックスフンドの老犬がいなくなった、と大騒ぎしたご近所の年配の紳士である。どうも、まだ探しているようだ。見つからないのかもしれない。胸が痛んだ。その痛みを埋めるために、ぼくは三四郎を抱きしめた。

買い物をしてから、家に戻り、灯りをつけ、掃除をした。息子が戻ってくる前に、息子の部屋もちょっと片付けてやった。今夜はカツカレーにするので、仕込んだ。

息子が戻ってきたら、三四郎が外で出来たこと、を教えてやらなきゃ。

ありふれた何気ない一日だったけれど、うれしいこともあり、切なくなり、ぼくは今日もこうやって生きている。

おごらず、丁寧に、大切に、生きていこうと誓うのであった。

2 それでも世界は動き、胸を痛めつつも、ぼくはお弁当やごはんを作る毎日にいる

月某日、ウクライナ人の多いパリ、市民はみんなロシア軍の進軍に怒りを覚えながら、テレビにかじりついている。うちも息子が心配そうな顔をしているので、今は、勉強に精を出し、いずれ、こういう問題をちゃんと世界に伝えられるジャーナリストになりなさい、と伝えた。

彼は結局、広い意味でのＩＴ広告やジャーナリズムの専門分野を目指している。コロナ禍でも戦争でも、学生は勉強をするしかない。しかし、そこに「するしかない」目標があることは大事である。生活のリズムが破壊されることが戦争だからだ。

ということで世界がこんなに激動していても、息子にお弁当を作った父ちゃん。

今日は、マグロ・マヨ入りのおにぎり、とんかつ&野菜弁当にした。ぎゅっと米を詰めて握ったし、海苔には薄く醤油をつけているので、食べる頃には染みて、美味いはずだ。ただ、歯に海苔がつくとまぬけな顔になるのでかっこわるいぞ、と忠告。

激動の時代であろうと、ぼくは毎日、丁寧に献立を考え、買い物に出かけ、料理に精を出す。逆を言えば、コロナや戦争で不安定になりがちなこの心配だらけの世界を乗り切るすべは、毎日の生活の中にこそある。

料理をすることは、人生を維持する特効薬なのである。

自分が病に罹《かか》って不安になっても、もし身体が動くなら、ぼくはキッチンに立ち、健康を取り戻すための料理を開始するだろう。

自分が食べられなくても、家族のために作るだろう。

それは毎日を遂行したいという、その毎日の積み重ねがぼくらの一生を構成しているからだ。生きていられることに、感謝し、噛みしめて作ったものは残さず食べることだ。

昨日の夜は簡単鳥南蛮と焼きそばを作った。一昨日はキノコのスープパスタにした。煮物を作り、おしんこを仕込み、余った鳥の骨でしっかり出しをとり、うどんをこしらえた。キッチンに立って、料理の工程を手順に従って作っている時の自分は、間違いなく、落ち着いている。沸騰したら火を止め、オーブンの熱を調整し、パスタを茹《ゆ》ですぎないよう見張る。食べたら、片付ける。お皿を洗い、棚に戻す。ちゃんとやると安心する。

子犬の三四郎の世話をしている時も、大変だけど、この子を育てないとならないという使命感の中で、安らぎを得ている。

苦しくつらい世界から目をそらさず向き合うことは大事だが、心は保たないと、応援も出来ない。

生きることをきちんと続け、自分を維持しないとならない。

これはコロナのロックダウンの時に気が付いた激動の時代の生き抜き方である。

不安なら、キッチンへ行こう。

そして、コツコツと時間のかかる丁寧な料理を作ればいいのだ。

三四郎のうんちでさえも可愛いと思えるようになった父ちゃんの異変

3月某日、ここのところ、ぼくに大きな異変が起きている。自分でもはっきりとわかるほど、変わってしまったのだ。

ぼくはかなりの神経質で、かっこつけしーだし、とにかくバッチーものが嫌いで、清潔好きで、汚いものとか触れないし、コロナ禍が始まってから徹底した消毒とマスクとソーシャルディスタンスを守り、家にウイルスは絶対あげないをポリシーに、買い物から戻ると買ったものは全部隅々まで消毒していたし、バスのつり革とか絶対握れないし、だからこそ、このフランスで一度もコロナに罹ったこともないのだった。

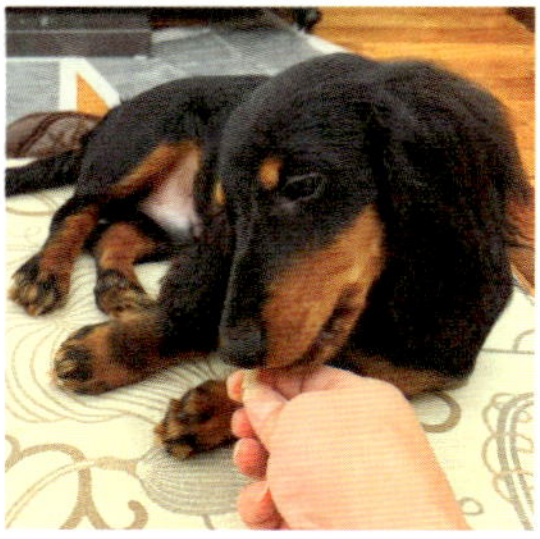

そんな神経質だったぼくが、三四郎がやって来たこのひと月の間に全くの別人になってしまったのである。

まさか、自分に犬のうんちやおしっこの片付けが出来るとは思わなかった。毎日、ぼくは床に這いつくばって片付けをやっている。ほぼほぼ、一日中である。変な話だけど、犬を飼ったらそれをやらなければならないこと、それがこんなに一日中続くものだと思ってもいなかったので、三四郎は可愛いけど、げー、また、うんちしたじゃーん、何回する気だよー、と最初の頃は大騒ぎをしていたのだが、ここ最近、ぼくはぜんぜん平気になってしまった。むしろ、逆で、うんちを喜んでいる。この異変はすごい…。

最近のぼくは三四郎がシートの上でおしっこをすると、「まぁ、さんちゃーん、素晴らしい、ブラボー・サンシー。おめでとう命中よ」と大騒ぎしている始末。うんちに関してはもっとすごい。三四郎がしたうんちをトイレットペーパーでつかんで、握ったりして、その硬さをまずチェックしているし…。時には色やにおい、目視を通して、内容物まで調べているのだ。子犬といえど、うんちは多少臭いのだけど、そのにおいにも慣れてきた。三四郎の部屋に入ると、ぼくの鼻センサーが素早く作動し、くんくん、あ、うんちしたろ、となって探す。そのにおいで、彼の健康状態もだいたいわかるまでになってきた。

で、もっとすごいのは、三四郎は犬だから外を歩くのが仕事。ぼくは裸足で外を歩くなんてそんなバッチーこと我が子にさせられなくて、安全地帯まで抱っこしていき、安全そうな綺麗な場所で最初は遊ばせていたのだけど、というのはご存じの通り、フランスの歩道は日本の歩道とは比較にならないくらい汚いからである。犬の糞《ふん》を片付けない不届きな飼い主もいるので、それを踏んづけた人の足跡も続いているし、とにかく不衛生極まりないのである。どんなウィルスが地面で繁殖しているかわからず、ぼくは想像しただけでひっくり返りそうになっていたのだけど、三四郎が外を歩くのが犬として大切なこと、外でうんちやおしっこをするのが当たり前のこと、を知るに従い、そうさせなきゃいけない、という気持ちが神経質な性格に勝っていったのである。

そこで、家から出ると、三四郎を地面に置き、リードを引っ張って歩かせるようになった。ご存じのように、歩道には犬の糞やおしっこの痕がそこら中に付着、こびりついているので、一応、そこはいちいち抱えて通過はしているけれど、ともかく、三四郎が地面を歩くことにも慣れてきた。もちろん、家に帰ると、ものすごく神経質に濡れタオルで足を拭いてやっているけど、最近はそれで済むようになった。

ひと月ほど前は散歩から戻るたびに、風呂場で足だけ洗っていたのだ。やれやれ。三四郎は子犬で、月に一度しかお風呂に入れたらいけないらしい。だから、今は、身体を毎日何回も拭いてあげている。それから、やはり、多少獣臭がする。他の犬に比べるとミニチュアなのでにおわないようだが、それでも動物臭はするし、まだシートに命中しないので、おしっこやうんちを床ですることもあり、三四郎の部屋だけは犬小屋のようなにおいがしている（この部屋の換気がまた大変なのだ）。

ぼくはそんな獣の三四郎を自分の膝の上に載せて、一緒に昼寝をするし、いつも抱きしめているし、三四郎は朝から晩までぼくの頬っぺたを舐めまくってくる。

超綺麗好きなぼくは昔から人の体に触れることが苦手で、在仏暮らしなのでビズ（頬と頬をくっつける仏版の挨拶）や握手も嫌だった。どんな菌を他人が持っているかわからないから、…。こんな無菌的感覚で生きてきたぼくだけど、子犬が来たらそんなこと心配していられなくなった。

三四郎が道で小枝を食べそうになることもあり、ぼくは彼の口の中に手を入れて、それを取り出すし、三四郎の歯のチェックもするし、三四郎の唾液など、水道水くらいにしか思わなくなってしまった。

愛の力は偉大である。

三四郎のおちんちんもお尻の穴も毎回、綺麗に拭いているし、まるで自分の身体の一部のようになってしまった。

三四郎がやって来る前までのぼくとは別人になってしまったのだ。ということで超神経質なぼくは次第にこの子犬を通して、今まで絶対に受け入れることの出来なかったちょっと汚い世界までをも受け入れることが出来るようになったのである。あはは、どこの王子？？　というか、超神経質だったぼくだけど、三四郎のおかげで普通になってきたというか、そこまで神経質に消毒しないでもいいかな、と思うようにもなった。

もちろん、外出から戻ると神経質に手洗いはやっているし、部屋の掃除も頑張っているけど、多少のことは大目に見ることが出来るようになったのである。

今日も朝、三四郎のうんちをつかんで、硬さのチェックをし、「いいうんちだねー」と三四郎を褒めてやった父ちゃん。尻尾をふって喜んでいる三四郎は、可愛い。

こういうことも犬を飼う上で、とっても大切なことなのである。

1、2、サンシー、レッツゴー

202203-202207

吾輩《わがはい》は犬である。名前は三四郎

ボクにはもともとシンプソンというちゃんとした名前があったのだけど、ボクの飼い主になった日本人のムッシュが勝手に伝統的な日本の名前を付けてしまった。ちなみに、ボクにはパスポートがあって、そこにはシンプソンという本名が記されている。

ただ、セカンドネームの欄に三四郎と掲載されることになった。

ムッシュはフランス政府から発行されたパスポートを覗き込んで、ご満悦の様子。

しかし、三四郎という名前はフランス人にはちょっと発音が難しいようだ。

ボクの名前を知りたがる人たちは、ほぼ全員「SANSHIRO」が発音できず、みんな同じようなリアクションをし、苦笑いを浮かべている。なので最近は、短くまとめられて、みんなはボクのことをサンシーと呼ぶようになった。

ところでボクの飼い主のムッシュは「HITONARI」という名前で、これがまた、フランス人にはどうも発音が難しいらしい。

フランス人はそもそも「H」を発音しないので、「ITONARI」になっている。

ボクが知る限り、ムッシュの名前をちゃんと発音できたフランス人はボクらが住む街の中には一人もいない。

ボクらはロン毛の日本人とロン毛のミニチュアダックスフンドということで、セットでみんなに覚えられている、たぶんね…。

ボクの飼い主のムッシュは、それでも、ボクにはとっても優しい人である。

だいたい一日中一緒に過ごしている。

寝る時だけは別々だけれど、それ以外はほとんど一緒にいるのだ。

ある日、この人がぼくの人生に突然現れて、それ以来ずっと一緒に過ごしている。

時々、この人はどこから来たのかな、と思うこともあるけど、難しく考えてもしょうがないので、ボクはこの人生を喜んで受け入れている。

とにかく時間の許す限りずっと遊んでくれるし、ごはんやおやつをくれるし、お膝の上でお昼寝をさせてくれるし、散歩はあまり好きじゃないけど、でも、ボクのことを考えて外に連れ出してくれているみたいだし、シルヴァンのところにいた時のようなその他大勢の中の一匹ではなく、ムッシュはボクのことだけを考え、見つめて、大事にしてくれるので、今は、人生の中で一番幸せな時なのかな、と思う。

ムッシュは怒る時は怖いけれど、普段はとっても優しいので、ボクも安心をして、暮らすことが出来ている。

ムッシュとボールで遊ぶのが好きで、ムッシュが投げたボールを追いかけている時のボクの使命感といったら半端ない。

ムッシュに褒めて貰いたいから、一直線にボールに向かって飛んで行き、それをくわえてムッシュのところに持って帰る。

するとムッシュがボクの身体を抱きしめてくれて、ブラボー、サンシー、と言ってくれる。

ムッシュはいろいろな種類のおやつを持っていて、ボクが何か一つ成功すると、その中の一つをちょっとくれる。もう、それが信じられないくらいに美味しいんだ。

遊んでくれて、おやつをくれて、膝の上で寝かせてくれて、それがボクの世界のほとんどなのだけど、ボクはそれ以上のものを求めていない。

ブラボー、サンシーと言われたくて、毎日全力で生きている。

この「ブラボー、サンシー」のあとには、必ずおやつが出る。

褒められているのだ。

ブラボー、サンシーと言われると、ボクはその場に座って、ムッシュがおやつを取り出すのを尻尾をふりながら待つ。

この時は、この上なく光栄で、最高に幸せな瞬間でもある。

それに、おやつは、ごはんよりもうんと美味しいんだ。

それから、「ゴーゴー、サンシー」という号令がかかると、ボクは走らないとならない。

大通りや横断歩道を渡る時、ムッシュは大きく掛け声を発する。

「ゴーゴー、サンシー!」

「わんわん(アイアイサー!)」

時々、ムッシュは広い原っぱでも「ゴーゴー、サンシー」の号令をかける。

ボクは全速力で走り出す。ムッシュも一緒に走ってくれる。

ボクは時々、すぐ横にいるこの日本人の顔を見上げる。

この人はボクのパパなのだ。きっと、ボクのパパなのだと思う。

たまに、髪形が似ているな、と思う。

ボクの横を髪の毛を振り乱しながら走る日本人の「ITONARI」。

ボクが疲れて止まると、ポケットからおやつを取り出して、ボクに与えてくれる。

ボクはうれしいし、誇らしい。

ムッシュの期待に応えられ、褒められて、ご褒美を貰えて、こんなにうれしいことが他にあるだろうか？　他にあるなら、教えて貰いたい。

「ブラボー、サンシー」

ムッシュがボクを抱きかかえて、強く、抱きしめてくれる。

ボクは激しく尻尾をふって、時々、うれしすぎておしっこをまき散らしてしまう。

ムッシュに怒られるけど、怒られてもうれしいのが止まらない。

「メルシー、サンシー。ボンニュイ、サンシー（ありがとう、おやすみ）」

そして、ボクは疲れ切って、毎晩、ボクのふかふかのマットで眠るんだ。ムッシュがボクのおでこにキスをしてくれる。

そして、ボクは今日もムッシュと遊ぶ夢を見ながら、眠るんだ。

ボクは世界一、幸せな犬だと思う。

パパ、おやすみ。また、明日、遊んでね…。

三四郎と気が合うドッグトレーナーを探す毎日

3月某日、三四郎のドッグトレーナーを探している。ネットでいろいろと調べたり、知り合いでわんちゃんを飼っている友人らから情報を集めてきた。

大事な三四郎を預けることになるので、やはり、誰でもいいというわけにはいかない。

評判とか評価が気になる。一番いいのは、実際に預けている人からアドバイスを貰うことだと思い、犬好きな人たちから意見を募ってきた。公園などで親しくなった犬仲間から聞いたり。何せ、ぼくは犬を飼うのが初めてなので、ただ愛情を注げばいいというものじゃないだろうし、注ぎすぎてもお互いのためにならないこともあるだろうし。

そして、今日までに数名、優秀そうなドッグトレーナーを見つけることが出来た。中には、指導者がきびしく軍隊式に躾を教えるところもあった。巨大な倉庫に訓練施設のようなものまで用意されていた。教官は男性で、印象としては大型犬を躾ける場所のようだった。もう一つは可愛いスクールバスによる完全送迎付きのグループで、「散歩」をしながら大勢の犬たちと一緒に学んでいく、というコンセプトのところだった。

楽しそうだけど、大勢の犬たちと行動を共にしないとならないところが、三四郎には負担になるかな、と思った。ただ、ここだと送り迎えはしないで済む。

もう一つは女性のトレーナーが大きな公園で勉強会をやっているところだった。ネットの評価などを見ると、ほぼ五つ星で、コメントもかなりいい。預かる場合は、自宅での共同生活になる、と書かれてあった。こじんまりしているし、人間が見えるので、とりあえず、ファーストコンタクトをしてみることになった。

「もしもし」

「はいはい」

元気な女性が電話に出たが、周りに犬がいるのか、話が途中で何度も切れる。

「すいません。ちょっと子犬がベティーズ（悪戯）やってたから、…ええと、何処まで話しましたっけ?」

「ええと、公園で毎週末講習会をやっているんですよね?」

「そうです。とりあえず一度参加してみません?」

はきはきとした、若い女性だ。経験的にはどうなのだろう、と思った。声だけでは、年齢とか性格はわからないし、ま、一度、参加してみようかな…。

「そうします。あと、先々のことになりますけど、ぼくが仕事で面倒みられない時など長期預かる（ポンション）システムあります?」

三四郎を譲ってくれたブリーダーのシルヴァンのところでもよかったが、でも、預かるのが専門の、優しい人がいるなら、彼にとってはそれがベストだろうと考えていた。

「ええ、やっています。私たちはホテルとか施設とかじゃないです、自宅で預かるんです。今も、ちょっと預かっているの」

背後で犬たちの元気な声が弾《はじ》けた。

「そうでしょうね。なんとなく、賑やかな感じが伝わってきます。ご自宅はどちらですか？」

「郊外ですよ。森の近くです」

「いいですね」

「今週末、講習会があるから、とりあえず、相性もあるので、一度、あなたがご自身で確かめてみた方がいいです。いろいろと経験して、自分のわんちゃんが一番落ち着くところを見つけるのが一番ですから」

いいこと言うなァ、と思った。

「じゃあ、そうします」

「あ、犬種は？」

「テッケル・ナン（ミニチュアダックスフンド）」

「わ、大好き。写真、送ってもらえます？」

「写真？」

犬好きなんだろうな、と思った。ぼくは電話を切って、さっそく、三四郎の写真を彼女に送っておいた。まもなく、携帯に返信が届いた。

「なんてかわいいの？　この子、名前は？　いつ会えますか？　今週末とかどうでしょう？　ブーローニュの森でちょうど講習会があるから、参加してください」

「名前は三四郎です。今、家の水漏れ工事をしているから、それが土曜日までに終わるはずなので、うまくいけば参加できます。ダメでも次の週は必ず」

ということで、一人、可能性のあるドッグトレーナーさんを見つけた。

ぼくは8月に日本でライブを控えている。三年もやってないから、なんとか今年は日本でライブをやり遂げたい。

狂犬病の二度目のワクチンが間に合わない三四郎はお留守番をしないとならないし、この人がとってもいい人で、経験もあり、三四郎との相性が合えば、今から毎週指導を受け、時々、預けてみたりしながら、夏の時期は彼女の自宅で他のわんちゃんたちと長期合宿、躾もばっちり、というのは彼にとって一番楽しく、負担がない夏のバカンスになるのかな、と思った。そうとも知らず、三四郎はぼくの膝の上で悪さを繰り返している。

3 月某日、ともかく、息子がどこかの大学に入ったあと、ぼくは引っ越しをする。

大学生になったら家を出て一人暮らしをするのだよ、と息子に告げた

二日ほど前のことだけど、三四郎とぼくが長椅子で寛いでいたら、勉強疲れの息子が珍しくやって来た。横にしゃがんで、三四郎の頭を撫で始めた。

いい機会だな、と思ったので、今後のことをちょっと話しておいた。

「あのな、受験が終わったあとの、今後のことだけどね」

「うん」

「大学生になったら、一人で暮らしてもらうよ」

「え？　家から大学に通っちゃだめなの？　パリの大学の可能性高いよ」

「パパは、前にも言ったと思うけど、田舎を拠点にする。このアパルトマンは家賃も高いし、広すぎるし、古すぎて水漏ればかりだし、解約しようと思っている」

「…」

「で、仕事場を兼ねた小さなアパルトマンに移り、パパは、一人暮らしをしようと思っている。君はもう成人だし、ここから一人で生きていかないとダメだ。いつまでも、パパのそばにいたら、ずっと自立できない人間になってしまうからね」

「…うん」

これは大事なことだし、ぼくは決めていた。

過保護は子供をダメにする、とフランス人は口を揃えて言う。子供は自立していくのが当たり前だし、親は老いても子供に頼らないのがフランス流の個人主義である。もちろん、学費や最低限の生活費は応援をするけれど、学校に行きながらアルバイトをやって自分のお小遣いくらいは自分で稼いでもらう必要がある。

まず、うちの子にとっては、ぼくから離れることが自立の第一歩であろう。そこはずっと考えてきた。

もうすぐ、二人で生きるようになって十年になる。

べったり、一緒に生きてきた。でも、ここから、息子は自立しないとならない。

その第一歩を大学生活と共にスタートしてもらう。

「どこの大学になるかわからないけど、まず、最初の一、二年は、その大学の近くの寮に入ってもらう。食事付きの学生寮だ。アルバイトを探して、働きながら学んでもらう」

「わかった」

珍しく、わかった、とすぐに返事が戻ってきた。

「週末とか、美味しいものが食べたくなったら、ごはんを食べに来ればいい。田舎に来てもいいし、パリのアパルトマンでもいい。１ＬＤＫの家にするから、一泊くらいなら、リビング（サロン）のソファでゴロ寝することも出来る」

「(笑)わかった。でも、寮はいいね。友だちも出来るだろうし」

「そうだ。自分で生きることを考えていかないとならない。大学は中学や高校とは違うから、自分の将来のためのファーストステップだ。マスターコースになったら、もう、就職のことも視野に入れて、すでに働き始めないとならないだろう。お金が稼げるようになれば、自分で考えて、アパルトマンを借りたらいい。成人なんだから、自分で借りることが出来る」

「うん」

「お金がなくて、ひもじくなって、お腹がすいたら、パパに電話をしろよ。美味しいごはんを作って待っとく」

「うん」

「パパはずっとお前の近くにいる。だから、心配はするな。でも、お前が社会に出るまで、パパは厳しくも優しく導いていかないとならないからね」

「うん、わかった」

「大学になったら、世界は一変する。その最初が一人暮らしだ。パパはいるけど、遠くで見守っている。人に頼らず生きていかないとならない。なんでも自分で解決をしていくのがこれからの君の人生ということになる。いいね？」

「うん」

息子は三四郎の頭を撫でた。

三四郎が息子君のその指先を舐めた。

「三四郎に会いたい時はいつでも遊びに来ればいいよ」

「…うん」

短い話し合いだったけれど、おそらく、18歳の息子にとって、とっても重要なやり取りだったのじゃないか、と思う。

考えてみてほしい。彼はパリの辻家に生まれ、ずっとここに自分の部屋があった。けれども、ぼくが次に引っ越す家に息子の部屋はないのだ。

息子は自分の小さな舟に乗り、自力で漕いで新しい世界を目指さないとならない。それは人間ならば誰もがやらなければならない道でもある。

そのことを、数分で、ぼくは伝えた。

ぼくは田舎に向かう車の中で、息子とのやり取りをずっと思い返していた。

その時の彼の表情とかを…。寂しかったかもしれない。居場所がなくなるという不安を覚えたかもしれない。でも、それが、大人になるということなのである。

息子が、大海に出て、立派に巣立っていく、最後の一押しの時期に入ったということであろう。きっと大丈夫だ。あいつなら、出来る。

ぼくは父親として教えるべきことは全部教えてきたつもりだ。

彼は家族が出来たら、きっといい夫に、あるいは、いいお父さんになるだろうな。

まずは、目の前の受験である。

三四郎は今日、初めて、夕刻の海に飛び込んだ。

三四郎も頑張っている。

息子よ、お前も頑張れ。

一人で生きる飯、これからも生きる飯、えいえいおー

3月某日、ぼくが提唱する「一人で生きる飯」運動。これは、渡仏後、連れに先立たれたフランスのおじいちゃん、おばあちゃんが、個人主義が徹底しているので家族に頼らず、一人で暮らし、買い物をしごはんを作り、強烈に自立し生きている姿をたびたびというかそこら中で目撃するようになり、その逞《たくま》しい生き方に

感化され、自分も、息子が巣立ったあとの長い人生を美味しく健康的に生きていかな、と思い立ったことに始まる。

この夏は日本で大きな仕事を三年ぶりにこなさないとならないけれど、秋以降、新しいアパルトマンを探し、パリよりも、田舎へのシフトを強めていく予定なので、今は、「じゃあ、田舎でどういう食事を作って、どういう風に生きていくのか」をイメージしている次第なのである。

昨夜はカルボナーラを作った。パリの冷蔵庫に残っていたベーコンと卵を持ってきていたので炒め、茹で上がった玄米のパスタを絡め、火を止めて、卵の黄身と少々の生クリームとパルメジャーノ・チーズで作ったソースをあえて完成、これだけの料理だけど丁寧に作ると小一時間を要した。

しかし、味わい深い田舎風のカルボナーラが出来、残っていた白ワインで頂いたのだけど、いやはや、もうー最高であった。全部残りものなので、材料費はゼロ。安上がりで、何よりの贅沢《ぜいたく》であった。

「お金をかけないで美味しい」とうれしくなる。これこそ「一人で生きる飯」の基本中の基本、醍醐味《だいごみ》なのである。

一昨日は、港まで三四郎と歩き、ゲリラ的に出るスタンド魚屋で、地元の名物、生のホタテを1キロ（だいたいホタテ五個の分量）を買って、ヒモと卵巣はみりんピリ辛炒めに、貝柱は刺身サラダにして、いつものごとくフェンネルのおしんこと、ラディッシュをそのまま添えて、パンとかごはんなしでヘルシーに頂いたのだけど、シンプルに美味かった。

田舎は食材が新鮮で、安い。ホタテ1キロで350円くらいである。パリの高級店でこの量のホタテを食べたら数千円くらいとられるであろう。

安い食材を売ってる店を探すことも、「一人で生きる飯」の基本中の基本である。そうなると、もう、高いホタテを食べたくなくなる。田舎は寂しいけれど、安くて美味しいものが山ほどあるので、楽しい。どっちをとるのか、これは運命の分かれ道かもしれない。

その前の前の日は、鯖《さば》があったので、玄米を炊いて、父ちゃん自慢の半熟卵を作り、葱《ねぎ》と大根おろしで、鯖丼を作って食べたのだった。

ラディッシュは、マヨネーズやフルール・ド・セル（フランスの海で作られた天然塩のことですね）で食べていたけれど、最近はそのままかじっている。美味い!!! ラディッシュの大根とは違う触感と苦みが蕎麦《そば》とか玄米にめっちゃあうので、おすすめである。

鯖は150円くらいだが、工夫でご馳走になる。

昔のぼくは五つ星高級ホテルに泊まり、そこのバカ高いレストランの個室とかで食事をしているのが自分らしいと信じていたが、今は旅もB&Bにしか泊まらないし、贅沢は敵だという暮らしになってから見えてきたものがたくさんある。

今、ぼくが日々書いているこの日記は、高級とかリュクスとかそういうものからはほど遠いけれど、真の高級であり、真のリュクスであることだけは言っておきたい。

お金で買えるものだけが贅沢ではない。自分で工夫をして、生活を豊かに出来た時、人は尊い満足と真の贅沢を得られるのである。

三四郎の新たな試練の三日間が始まる

4月某日。いよいよ今日から、三四郎はドッグトレーナーのマダム・ボーベさんのご自宅で、初の「お泊まり3デイズチャレンジ」を行うのである。

おさらいというか、ボーベさんがどういう人物か、軽くぼくが観察した人物像をお伝えしたい。身長は175センチくらい、白髪で、かなり痩せている…、ぼくなんかよりもうんとマッチョである。歩き方は軍隊的というか、手を左右にふって、カウボーイみたいに、スタスタと歩く。騒いでいる大型犬には、「おう、おう、おうおうおおおおお!!!」と祭りのふんどしのおじさんみたいな大きな声でぶっ飛ばす。ぼくには無理。

クリント・イーストウッドさんが女性だったら、こんな感じの目になるかな、と最初思った。苦み走った、ゴルゴ13とかに出てきそうなキャラで、笑ってくれないとちょっと怖い。ボーベというのはここでの仮名である。本名は言えない…。

初めて、会った時、ぼくのことをマダムと言ったので、ムッシュですよ、と言い返したら、細い目を見開いて、おお、失礼、髪の毛が長いし、鼻が小さいから女性だと思ったよ、と言って豪快に笑ってみせた。

ぼくはアーティストだから、とごまかしたら、きっと世界的なアーティストなんでしょうね、と言うので、ふふふ、と斜め下を見つめてごまかしておいた。それを信じたのかどうかわからないけれど、気に入られてしまい、あっという間に、覚えられた父ちゃんであった。

「あなたのわんちゃんとあなたは同じ髪型をしているわね」とイーストウッドの目を撓らせて、ボーベさんは言うのだった。

過去、二回、ボーベさんのドッグ訓練に参加したが、二回目の最後の最後、ボーベさんがぼくのところにやって来て、「サンシーはちょっと頑固だし、個性が強いので、私が預かり、一緒に過ごす中で、躾などを徹底的に教えた方がいいのかなと思いましたが、いかがしますか？」と持ち出された。それは、願ってもない申し出であった。

三四郎は好奇心が異常に強く、頭がいいのでぼくの想像を超えて危険なことまでしてしまうのだ。ダメなものは絶対にしないように躾けなきゃならない。

もう一つは、長期間仕事でパリを離れる時に、親代わりとなり預かってくれる人を見つけなければならないのだった。

三四郎はボーベさんには懐いていたので、そこは問題ないとは思うが、時間をかけて、少しずつ、もっと慣れていかせたいところである。

ボーベさんのところは夏の間、犬を預かる仕事（ポンション）もしているのでちょうどいい。躾の先生の家で過ごせるならば安心だし、何より毎日が授業の連続となり、次に会った時は、もう少し大人になっていることであろう。

ちょうど、この秋には成犬になるので、タイミング的にもばっちりなのである。しかし、何も知らない三四郎を見ていると、こっちがドキドキしてしまう。いきなり、よその家で寝泊まりが出来るのだろうか？　お弁当セット、寝具セットなどを準備した。

「なので、まず、二日とか三日で様子を見ましょう。夏までの間に、3セットくらいやって少しずつ慣らしていけばいいでしょう」

「あの、この子、この間、肘掛け椅子でピッピをしたんです」

「普通ですよ」

「でも、今まで一度もしたことがないので、何か不満があったのかと。なぜかというと、カヴァーを洗って取り付けたらその1分後にまた同じ場所にやったのです。あてこすりみたいな、かまってちゃん気質が出たんですよ。先生のところで同じことをやらないか、ちょっと心配でして」

「大丈夫。問題ありません」

「それにこの子はかなりのテテュ（頑固者）なんです。言うことは聞かないし、異常な寂しがり屋だし、ただ、大人しいので普段は吠えません。でも、ひとたび自分が気に入らないとずっと吠え続ける」

「ムッシュ、大丈夫よ、私に任せて」

心強い。でも、本当に大丈夫なんだろうか？　あ、そうだ、と思った。

「あの、ええと、ボーベさんの家ですけど、他にも犬がいますか？」

「いますよ」

いるんだ、大丈夫かな…。でも、どんな犬種がいるのか、とか、それ以上は聞けなかった。具体的なことを知ってしまうとぼくは預けられなくなる。

「ムッシュ。任せてください。そんなに神経質になっていたら彼とあなたの長い人生が台無しになります。あの子はテッケル（ダックスフンド）なんだから、テッケルとしての自信ある人生を歩かせましょう」

ボーベさんはドッグトレーナー界では名のある存在で、たくさん表彰されている。見た目は怖いが、彼女の倍はでかい大型犬が、ボーベさんにだけは従うのだからすごい。ぼくのような犬の素人がでしゃばっちゃいけない。

「それからムッシュ、サンシーは身体は小さいですけど、狩猟犬の血を継いでいます。ちゃんと躾けることが出来たら、それは素晴らしい犬になりますよ。その成長に驚くことになるでしょう」

ボーベさんは、不屈の笑みを浮かべてみせたのである。

少し早めの食事を与え、ぼくは三四郎を抱えて、車へと向かった。そして、助手席に座らせ、「いいかい？　ほら、あのマカロニウエスタンに出てくるドッグトレーナーのボーベさん、覚えてる？　彼女のところで君は今日、お泊まりだ。パパは三日後に迎えに行くからね。お友だちもいるようだから、合宿だと思って楽しんでおいで」

言い聞かせたが、犬なので、理解できない。きょとんという顔をして、つぶらな目でぼくを見つめている。やばい…。

とりあえず、ぼくはエンジンをかけたのだった。

ああ、三四郎との別れ、胸が痛い

4月某日、ということで、三四郎をドッグトレーナーのボーべさんのところに預けることになり、今日はずっと、その準備に追われた。今夜から三泊の予定で三四郎が初お泊まりをすることになり、小分けした毎回の食事、お菓子、いつも使っている毛布などを袋に詰めたのだった。その後に待ち受けている寂しさをその時はまだ想像することさえ出来ない、父ちゃんであった。

息子にちょっと早い夕飯を食べさせた。

「これから三四郎をドッグトレーナーさんの家に預けてくるから」

「なんで?」

「夏、日本だから、いきなり知らない人とか、犬のホテルとか、預けられないでしょ? 今から訓練を重ねて、慣れさせるのが目的なんだよ。とりあえず今回は三泊」

「三日もいないんだ。パパ大丈夫なの?」

「え? 何、言ってんだよ、大丈夫に決まってるじゃん、たった三日だもの」

ところが、三四郎を車に乗せて、エンジンをかけた途端、心配になった。助手席を見ると、三四郎がいつものように、ちょこんと座って、こちらを見ている。やばい。

ボーべさんの家に行くものと思っていたが、ところがところが、ふたを開けると、アシスタントのジュリアちゃんが夜は面倒をみることになった。「過去二回の訓練も、ジュリアが付きっ切りだったので、寝泊まりはジュリアのところがいいだろう」とボーべさんの意見だった。日中はボーベさんが訓練をするのだという。

ジュリアはかわいい明るいお姉さんなので、マノンの時のように、三四郎もすぐに懐くに違いない。ジュリアの家は、サクレクール寺院が見えるパリの郊外にあった。

高速を降り、郊外のちょっと寂しい地区をナビに従って走行した。遠くにサクレクール寺院が見えた。郊外の住宅地なので、商店とかカフェが少なく、全体的な印象としては暗い。街灯が切れていた。かなり、心細くなってきた。

ジュリアはとってもいい子だけど、三四郎、大丈夫だろうか…。

「目的地に到着しました」

ナビが告げたので、車を空いているスペースに駐車させ、ジュリアに「着いたよ」とメッセージを送ったら、すぐに電話がかかって来た。

「ムッシュ。今、戻ってる途中です。さっきまで犬の講習会があって…。家の前に弟が出て待ってますから、彼に三四郎を渡してください」

「え？　弟？　わかった。じゃあ、そうします」

予期せぬ展開であった。大丈夫かなぁ…。さらに、心細くなった。指示された住所に行くと、確かに、黄色いセーターを着た高校生のような青年が立っていた。

「あの、ジュリアの弟さん？」

「あ、はい、そうです。姉から聞いていています。この子ですね？」

弟さんがいるということは、ここはジュリアの家なのか。駐車場のついた、とってもかわいらしいパリでは珍しい現代風の建物であった。

弟君、優しい顔をしているし、受け応えもしっかりしている。

「あの、他にも犬がいるんでしょ？」

心配なので聞いてみた。

「ええ、三匹います。でも、ムッシュ、心配しないで、三匹ともとっても優しいんです」

「うん、わかった。じゃあ、ジュリアによろしく」

ぼくは三四郎を弟君に手渡した。ジュリアの弟君が三四郎を抱いた次の瞬間、不思議なことが起こった。なんと、三四郎が首を伸ばして、その子の頬っぺたをペロッと舐めたのである。いつもぼくにやるのと同じ感じのことだが、初対面の子にやったのは初めてであった。うちの息子は、最近、噛まれてばかりいる。笑。それなのに、三四郎は、弟君の顔をペロッとやったのだった。もちろん、吠えない…。

ジュリアの弟君は三四郎を抱きかかえたまま、駐車場を抜け、明るい玄関ホールの中へと入って行った。三四郎は吠えなかった。こちらを振り返ることもなかった。

ぼくは暫《しばら》く動くことが出来ず、見送っていたが、ううう、なんか、変だ、胸が痛い…。さんしろおおおおおおおおおおおおおお!!! しょうがない。これに慣れなければ、夏の長い時期、日本で仕事など出来るわけがない。

『ジュリア、今、君の弟に三四郎を渡しました。袋の中に、食事とおやつと彼が大好きな毛布が入っています』

メッセージを送ってから、車に乗り、ぼくはパリへと戻ることになった。

三四郎の部屋はそのままだったが、不思議なことに、三四郎がそこにいないのである。いない、いない、いない…。

「いない…」

これはつらいわ、慣れないとやばいかもしれない、と思った父ちゃんであった。

いつもの、悪さばかりする三四郎の姿がそこには無かった。三四郎…。

夏、こんなことで、ぼくは日本で仕事が手につくのだろうか？

すると、ジュリアから携帯に動画が届いた。

ジュリアの腕の中で、幸せそうにしている、三四郎の姿であった。うわあああ…。

三四郎はジュリアの家族の中で、大きな幸福を感じている。ジュリアのこと

4月某日、三四郎は毎日、ジュリアに連れられて、他の犬たちと森へ遊びに行ってる。その様子は写真や動画でジュリアからぼくの元へと送られてくる。長時間、森で遊びながら学んでいるとのこと。ちなみに、今日はお迎えに行く日だけど、やはり午後、ずっと森で犬たちと遊んでいるということで、お迎えは夜にしてほしい、と言われた。笑。

ぼくはちょっとホッとしている。動画の中で、ジュリアが優しく何度も何度も「わたしのかわい子ちゃん（プティ・シュー）」と呼んでいる。びっくりしたのは、三四郎の尻尾が家にいる時よりも、大きく強く激しくふれていることだ。

彼は本当にジュリアといることを喜んでいるのである。若い女性ということも三四郎にはうれしいのであろう。三四郎が近所のマノンちゃんに懐いていたのと似ている。やはり、ぼくはどう頑張っても父性しかないので、母性みたいなものを、だって、三四郎はまだ赤ちゃんなのだから、求めているのである。当然だ。

ジュリアはドッグトレーナーである前に、犬が大好きな子で、そこも素晴らしい。さらに、それらの動画には、ご家族の声も混じっている。たぶん、ジュリアのお父さんだと思うが、「じゃあ、出かけてくるね、すぐに帰るよ」という日常生活の声も聞こえた。

三四郎はフランス人の（庭とテラスのついた）家庭の中で、ぼくの家とは違う明るい家族の中で、ぬくぬくと生活しているのである。正直、ちょっと焼きもちも焼いちゃうのだけど、しかし、三四郎にとっては素晴らしい環境が出現したということだ。

ぼくがこれから先、日本での仕事が入るたびに、安心して預けることが出来る（それを仕事としてゆだねられることも含め）、そういう人がそこにいるだけで、ホッとするし、有り難い。

ぼくは自分の仕事にその時期、集中できるのだから…。ぼくはこの夏の間日本に行くので、その間、三四郎を預かることが出来るのか、と聞いた。

「私がたぶん、ずっと三四郎の世話をすることになると思います」とジュリアは笑顔で言った。

ボーベさんのグループは夏のバカンスも全員パリに残り、大勢の犬たちと森に出か

け、過ごすのである。

ジュリアは三、四匹の犬を夏の間、面倒をみると言っていたが、バカンスに出ることよりも犬と過ごすことの方が好きな女の子なのである。年齢はわからないけど、20歳ちょっとじゃないか、と想像する。弟さんは15歳くらいであった。

彼女のワッツアップの自己紹介写真は馬にまたがるもので、そもそも、動物好きなのだ。これは、もちろん、仕事なのだろうが、ジュリアにとってドッグトレーナーは、仕事の枠を超えた天職といってもいいものだろう。

生き物を預かった以上、ぼくは一生懸命育てていくつもりだけど、その生き物の幸せを願って、考え、イメージしながら共に生きていくためには、周囲の協力も必要となる。

三四郎はあと二か月ほどで成犬になるようだけど、そのための準備も着々に出来つつある。ジュリアのボスのボーベさんの訓練には今後も参加をし、ぼく自身も犬を飼う人間としての行動と知識と思いやりをもっと学んでいきたい。

今朝、起きたら、ジュリアから「三四郎の寝落ちする前の写真」が送られてきていた。昼間、徹底して遊んでいるので、くたくたなのがよくわかる。こういう表情をする時は、もう、爆睡のパターンである。それだけ一日が充実していた証拠であろう。

ぼくは夏までの間に、こういう小さな合宿を、二、三回、三四郎に経験させたいと思っている。もっと、ジュリアや彼女の家族、そして仲間の犬たちに馴染ませたい。そして、2022年の夏を乗り切ってもらいたい。

ぜんぜん、心配はしていない。ま、夏が終わって、三四郎をお迎えにいく時が、むしろ心配かもしれない。

「え？　またこのおじさんのところに戻るの？」と、ぼくにはもう尻尾もふってくれなくなるのじゃないか、という心配である。あはは…。しゅん。

もっと優しくしてあげなきゃね…。

雨の日でも諦めないぞ、三四郎のワンダフル・ライフ！

5月某日、田舎にやって来たのに、天気予報によると、今日から暫く降るらしい。出鼻をくじかれた恰好《かっこう》の父ちゃんと三四郎である。

ざあざあ降りの雨模様、家から出るに出られない。犬にとって退屈が一番の敵らしいので、珍しく、わん、と吠えて「遊んでよ」と訴えている。でも、不用意に吠えることはやっぱりなくて、めっちゃ優しい「わん」なのだ。

ちなみに、三四郎の犬吠えには大きく分けて3種類がある。

1　ポッポを知らせる「わん」。これは威勢がいい。「パパしゃん、ポッポ出来たよ。見て、大きいよ、立派だよ、ちゃんとシートの上でやったもん。褒めてよ」という胸を張ったわんなのである。わんだふる。

2　ボールを棚の下の隙間に自分でわざと入れて、どんなに頑張ってもとれない状態にしてから「パパしゃん、ボールがまた下に入ったよ。とってよ。とれないんだよ」と吠える。これが一番うるさい、耳障りな犬吠えだ。最初はなんで鳴きやまないのかわからなかったのだけど、やっと、わかった。で、よく観察をしていると、自分でそこにわざと入れている。入れて、とれないのを確認してから、「パパしゃーん！　大変だぁ。やばいよー」と大騒ぎをする。つまり、遊んでほしい、かまってほしい、という合図なのである。わんだふる。

3

で、ぼくが息子君と食堂でごはんを食べている時とかに柵のところに来て、「パパしゃーん、ぼくもそこに参加したいなぁ」と吠える時は、幾種類もの声色で吠える。注意深く聞き分けていると十種類くらいバージョンがある。小さい聞こえないようなわん、ちょっと軽い呼びかけのようなわん、様子を見てどこまで吠えるべきか悩んでいるわん、なんだよぼくだって生きてるんだ参加させてくれよのわん、いい子にしているからそこにいたいよのわん。無視するのかよーのわん、ええい、どうにでもなれー、もうなんだかわからんぞ的なわん、と多種多様なのである。その吠え方で、だんだん、三四郎の言いたいことがわかるようになってきた父ちゃん。わんだふる。

で、今日は雨だから、遊んでよーの3番に近い種類の吠え方であった。

「でも、さんちゃん、ご覧、外は雨なんだよ。こんなに降ってちゃ、外は無理だろ?」

「わん」

「え？　カフェ？　そうだね。じゃあ、いつものカフェにでも行くかい？」

ということで仕事をやっつけてから三四郎を連れて、隣町の知り合いのカフェ・レストランを目指すことになった。ちょうどランチタイムだったからだ。

しかし、三四郎、カフェとかで吠えることはないのだけど、今日は体力を持て余しているのか、じっとしていない。

友だちのカフェオーナーが三四郎のためにソファの席を用意してくれた。床でいいよ、と言ったのだけど、この子は大丈夫、と友だちが三四郎にベンチ・ソファをすすめてくれたのだ。ぼくのジャケットを下に敷いて、三四郎を座らせたのだけど、ダメ。すぐに立ち上がって、下に降りたり、ジャンプしたり、いろいろと動き始めた。ちゃんとしたレストランだから、ぼくの左右にはちょっと品のいいおじさまとおばさまが陣取っている。動き回る三四郎をじろじろと見ている。

これはダメだ。お店に迷惑がかかる。

「三四郎、クッシェ（伏せ）！」

小さな声で命令をし続け、やっと諦めたのは、料理が届いたあとだった。笑。しかし、三四郎は一度納得すると、もう諦める犬なのである。わんだふる。

雨は降り続け、すごいことになったので、どこにも行けないまま、家に戻って、暫く二人で窓外を眺めて過ごしていたら、夕刻、あらら、なんか遠くの空に晴れ間が…。天気予報を見ると、雨マークが消え、一時間だけ、曇りになっている。ここは海沿いなので、風が出て雲が散ったのだ。

「今だ」

「わん」

ということでぼくらは大急ぎ、海を目指した。

空を移動する雲の流れを見ながら、どの方角に行くと晴れ間に出会えるかを想像しながら、運転をした。隣村の浜辺の真上に晴れ間がちらっとあったのだ。

おお、すごい。エンジェルズ・ラダー（天使の梯子《はしご》）だ!!!　わんだふる。

浜辺に降りて、三四郎のリードを外し、自由にさせた。三四郎が波打ち際を目指して走って行った。なんと幸せそうな走り方だことか。この子はきっと今、ものすごく幸せなんじゃないか、間違いない。

「三四郎！」

海に飛び込む勢いだったので、大きな声で呼んだ。

「三四郎!!!」

三四郎がこっちを振り返った。ぼくが手をふると、今度はぼく目掛けてダッシュで走って戻ってきた。かわいい。

ぼくは犬用テニスボールをポケットから取り出し放り投げた。一目散でかけていく三四郎。ぼくの周囲を何周も走り回る。わんだふる。

そこへ、子犬たちが集まってきた。三四郎がその犬たちとじゃれ合う。今度は三匹の犬たちが、競争をするように海辺を走っていった。

すると遠くから黒雲が接近してきたのが見えた。みるみる青空を隠し始めた。

「三四郎！　雨雲だ。雨が降るぞ。帰ろう」

ぼくは口笛をふいて呼んだ。三四郎はまだ遊びたかったけれど、ぼくが帰るそぶりを見せたので、仕方なく戻ってきた。ぼくらが車に乗った途端、視界が見えなくなるくらいの土砂降りになった。

最悪の日に、最高の瞬間をゲットした父ちゃんと三四郎であった、とさ。

「わん」

「そうだ。よかった。わんだ降る！」

三四郎というなんと人間味ある犬のおかしくて奇妙な習性16連発

6

月某日、三四郎が生まれて九か月を迎えた。そして、彼が辻家の一員になってから、ちょうど半年が過ぎたことになる。

この子犬は実に人間味溢れる子犬なので、今日は、三四郎の奇妙でおかしい習性や特徴をここに列記していこうと思う。

1　この犬は前方から他の犬がやって来ると、目視した途端に、その場に伏せて、待ち構える（犬の習性らしい）。期待と畏怖と興奮と不安に塗《まみ》れた複雑な顔をする。
そして、相手が近づいてくると、じっと石のお地蔵のようになり、動かなくなる。

相手の犬が三四郎の身体の匂いを嗅いで、顔を近づけてくる間、尻尾は垂れ下がった状態だ。相手の犬が激しく尻尾をふっていても、お地蔵は動かない。ところが、相手の犬が動かぬ三四郎に業を煮やしてその場を離れると、不意にそのあとを追いかける。ぼくは必死でリードを引っ張り、「だったら、最初から仲良くしとけばいいのに」と小言を言う。そして、三四郎は恋人に去られたあとのふられた男のようにずっと未練がましくその犬の後ろ姿を哀愁の眼差《まなざ》しで追いかけるのである。

2 この犬は相当に頑固で、飼い主であるぼくと普通に寄り添って歩いてはくれない。自分が好きな方へ行かないと納得しない。引っ張っても何をしても動かないので、好きに歩かせる。すると、水を得た魚のように歩き続けるのだ。「さァ、行くぞ」と号令をかけてはならない。「どこにも行くな」と言えば、歩き始めるのである。

3 この犬は一度、ぼくと一緒に入った店には必ず立ち寄る習性がある。何も教えてないのに、そのカフェやレストランのことを覚えていて、勝手にドアの中へと入って行く。ついて行くと、前と同じ席に飛び乗り、さァ、何を頼む？　という顔をする。

4 この犬はぼくがバゲットの端っこを与えると、まずそうな顔をして首を横に向ける。ぼくがクロワッサンの端っこを与えると、喜んで食べている。

5 この犬は若い女の子が大好きで、しかもちょっと綺麗なお姉さんにものすごい勢いで尻尾をふりすぎて、ソーセージのような長い胴までもがくねくねと揺れまくる。そのくせ、中年のムッシュとかは苦手で、尻尾は垂れ下がったまま、その表情は氷の微笑。彼は犬好きな人がわかるようで、三四郎が不意に懐く人はだいたい犬を飼っている。犬の匂いがするから、わかるのだろうけれど、ただ一つ解せないのは、犬からほど遠い街の哲学者、アドリアンにも懐いている。あんなに怖い顔をしているというのに、きっと、人間の心の中身を見抜く本能があるに違いない。

6 この犬はぼくが優しくしない時、洗濯かごの中から、ぼくの下着とか靴下とかシャツとかを引っ張り出して、それを枕にして寝ている。

7 この犬は叱ると、顎を下げ、時々、飼い主の顔色をうかがう。そのくせ、ほとぼりが冷めると再び悪戯っ子になるので、実に、始末に負えない。

8 この犬はドッグフードをあまり好まない。彼がいつも食べているのは、地面に落ちている枝、木切れ、ゴミ、葉っぱ、砂、貝殻、干からびたわかめ、椅子、マット、床、壁、家、およそ、食べられないものを飽きるまで噛んで食べている。ドッグフードは最高級のものを与えているにもかかわらず、残す。なのに、落ちている木やゴミを美味しそうに食べたりしているグルメ犬でもある。

9 この犬は部屋の電気がついている限りは激しく遊び回るが、ひとたび、電気を消して、もう終わりだよ、また明日ね、と言うと、素直に寝てくれる。

10 この犬は、子供に対しては上から目線で生きている。ニコラとかマノンが来ると、悪魔になって、子供たちを困らせ、激しく甘噛みを繰り返し、困らせる。うちの息子のTシャツを何枚か廃棄物にさせた。それで子供たちの抗議を受けて、叱りに行くと、ぼくの腕や手をぺろぺろ舐めていい子ぶる。マノンが、この悪魔犬、と命名した。

11 この犬はむやみやたらに吠えないが、家のど真ん中でポッポをした時とか、廊下に大じょんべんをした時などは、なぜか、吠えまくる。「やったよ、パパ、やったよ、でっかいのをやったんだよー」と自慢するように。「なにやってんだ、お前」と叱ると、金メダリストのような顔で、金なのに、なんで褒めないの、と首を傾げる。

12 「ごはんだよ〜」と息子君を呼ぶと、三四郎が「はーい」と言って食堂に真っ先に入って来る。「お前じゃない！」

13 この犬は間違いなく、自分を人間だと思っている。

14 この犬が飼い主の言うことを聞かず悪戯をやめず変な行動を繰り返している時に、「おやつ？」と言うと、「へ？　まじ？」という顔をして悪戯をやめる。そして、ぼくの足元に飛んできて、愛らしい顔で見上げてくる。「三四郎、マットをあんな風に噛んだらダメだろ？　ダメだよ」と叱ると、話が違うじゃん、という顔をして、後ろを向いて、動かなくなる。

15 この犬は世の中に「ダメなものがある」ことを知っている。知っているけど、「ダメ」と叱られるまではそのダメを追求する。「ダメだよ、こら」と怒ると、「やっぱりだめなんだ」という感じで、一度、動かなくなる。しかし、だいたい

5秒後、様子を見ながら、再び悪戯を開始する。「ダメ」「…」「ダメ！」「…」「ダメダメダメ！」「…」これが毎日なのである。

16

この犬はたまに寝言を言う。けっこう、はっきりとした寝言なのだ。夢を見ているのがわかる。仰向けに寝ているこの犬の前脚が空中を蹴っている。小さな声で、「わん」と吠える姿は、実に可愛らしい。他の小型犬と広場を一緒に走り回っているのかな。この子が生きていること自体が宝物なのである。

さよなら三四郎、また会う日まで

7月某日、三四郎を預ける日がやって来た。

三四郎は朝から、元気がないうえに、パリは大雨であった。まるで父ちゃんの寂しさを代弁するような天候であった。三四郎も知ってか知らずか、何か、悲しげな眼差しでぼくのことを見上げている（たぶん、ぼくが暗いから、それがこの子にもわかるのだろう）。朝の散歩からどんよりとした二人であった。

忙しくしていたので今日がその日とわかっているのだけど、次々と現実が打ち寄せてきて、忙しさに忙殺されて、悲しくなる間さえもなく、今日に至ってしまった。それはそれで助かったけれど、その反動に見舞われた一日となった。

昼、三四郎が夏に食べるドッグフードを買いに行った足で、新しいアパルトマンの銀行保証の手続きに銀行に立ち寄ったが、ぼくもいなくなるし、銀行の担当の人も夏休みになるので、結局、銀行保証の手続きが8月末まで出来ないことが判明してしまう。

こんなに頑張っても、どうしようもない壁に再びぶつかってしまった父ちゃん。やれやれ。しかし、今はそんなことよりも三年ぶりのライブをやるために日本に戻ることが先決だし、何よりもドッグトレーナーのジュリアに三四郎をゆだねることが大切なので、銀行から出た瞬間、新しいアパルトマンのことは一旦、忘れることにした。一旦である。ポイっ。

ひと月半、もしくは仕事の進み具合ではもっと日本にいないとならない。これまで半年間べったりだったから、ぼくは寂しくてしょうがない。しかし、一方の三四郎は大好きなジュリアの家に行き、仲間の犬たちとの夏合宿が始まることになるわけで、もしかするとハッピーな夏になるのかもしれない。

こんな辛気臭い62歳のおやじといるよりは間違いなく楽しい夏の到来である。

「三四郎、半年間、幸せだったかい？」

「…」

つぶらな目で見上げてくる。

「三四郎、ジュリアの家ではみんなと楽しく学んで遊んでくるんだよ」

「…」

「おお、サンシー、寂しいなァ」

「…」

「でも、また夏の終わりに迎えに行くからね」

「…」

「ぐすん…ざびじ――」

だから、ぎゅっと抱きしめたり、いつもよりおやつをあげたり、なんとなくそわそわ、普通にできない父ちゃんなのであった。

刻々と時間が近づいてきた。ぼく自体が、そのせいで疲れ切ってしまいそうな一日であった。そして、最後のドッグフードを与えて、ぼくはついに三四郎をジュリアの家へ連れて行くことになった。ああ、もうだめだ。…三四郎を助手席に乗せた。

「三四郎、今日からジュリアの家で他の犬たちと夏を過ごすんだよ。いいね、お願いだからパパしゃんのこと忘れないでくれよ」

三四郎は目をそらした。それから、考え事をし始めた。まるでわかっているようなそぶりに見える。自分の気持ちが鏡のように反射しているだけかもしれないのだけれど。ぼくはもくもくと運転をし続けた。三四郎は珍しく、微動だにしなかった。

そして、ジュリアの街に到着した。三四郎の食事をとりあえず五十食分、多めに小分けにして、詰め込んである。こんなに食べるんだ、とその重みがのしかかってきた。

ジュリアがいつものように、門の前で待っていた。

「やあ」

「サヴァ（げんき?）」

「サヴァじゃないよ」

ぼくは笑った。

「寂しくて、ぜんぜんサヴァじゃないけど、よろしくお願いします」

「ムッシュ、毎日、必ずビデオとか写真を送るから心配しないでください。私が大事に面倒をみるので」

「ぐ、ぐすん…」

泣きそうになるのを必死でこらえ、そのままリードをジュリアに渡した。ぼくはもう、三四郎を見ないで、歩き出していた。三四郎はジュリアといつもるんるんで家に消えるからだ。でも、三四郎はジュリアの家族にも仲間の犬たちにも愛されているので、それはそれでよかったじゃないか…。ぼくは自分に言い聞かせながら、角を曲がろうとした。そして、一瞬、ジュリアの家の方を振り返ると、…と、…と、三四郎がジュリアの横で座って、ぼくをじっと見送っていたのである。

「ああ、さんちゃあーん」

7

朝起きたら、三四郎がいなくてしょんぼり父ちゃん

月某日、日本行きの諸準備やそれに伴う取材とかZOOM会議が目白押しでバタバタ混乱が続く辻家だが、一晩あけて、寝ぼけて、「散歩に出なきゃ、三四郎のおしっこが漏れちゃう」と慌てて飛び起きたものの、いつもいる場所にいつものサンシーがおらず、衝撃が走った父ちゃんであった。

「さんちゃんがおらん」

　思わず、言葉が飛び出した。

「さんちゃんがおらん」

　思わず言葉にしている自分が心配になる。これは三四郎ロスだとわかっているのだけど、毎日、そのために頑張っていたのに、そこにもう頑張る対象がいなくなって、破壊的な肩透かしをくらった状態なのである。

「さんちゃんがおらん」

　出てくる言葉はこれしかなく、もう、脳が静止。がらんとした三四郎の部屋（玄関）はきれいに片付いている。あれ？　いつもだと、床とかマットとか肘掛け椅子の上であおむけで寝ている三四郎の姿がない。三四郎のためにドッグフードを準備する必要もないし、散歩に連れて行くこともしないでいいし、ポッポを片付けることもないし、遊んであげることとか、悪戯を叱ることとさえ、もうないのだ。

　やれやれ「ロス」感もここまでくると、暴力的である。

「さんちゃんがおらん」

　ぼくは夏の間、この三年間たまりにたまった日本の大仕事をやっつけに戻るので、その間、三四郎をドッグトレーナーのジュリアのところに預けた。ジュリアの家はほぼ犬の合宿施設になっていて、ミニチュアダックスのリッキーやいつもの犬たちとサンシーはそこで寝泊まりをすることになる。他の犬たちとの共同生活は三四郎にとっていい勉強になるし、毎日、森に散歩に行くようだから、楽しい夏休みになることだろう。

ジュリアは三四郎を可愛がっているので、彼だけちょっと特別扱いを受けているようだ（ジュリアのベッドで三四郎はジュリアと寝ている…ぅうう、仕方ない）。

ぼくは一人でパリに残ることになる息子のため、その準備（買い物とか片付け）に追われることになる。大量のパスタと大量の米、ソースや醤油やオイルなど、生活必需品だけは取り揃えておかないとならない。

料理を習いたいというので、彼に教え、自炊生活のためのコツを伝授する。その後、ぼくは日本に向けて出発するのであった。

日本に戻ったら、怒濤《どとう》のような毎日が待っており、この三四郎ロスも、その忙しさのせいで次第に薄れていくのだろう。新たな日常に取り込まれていくことになる。

「ううう、さんちゃんがおらん」

それにしても、今は、その激しいロスの中心にいる。大切な家族と離れ離れになった人が抱えるような寂しさの中で、ぼくは目の前のことを、きちんとやらないとならない。

くよくよしてもしょうがないから、一人で散歩に出ることにしよう。いつものモジャ男のカフェに行き、いつもの席でいつものカフェオレを飲むことにしよう。

「あれ、珍しいどうしたの？　今日は一人かい？」

モジャ男に言われるに決まっている。厨房の料理人たちや、他のギャルソンやオーナー夫妻がやって来て、独りぼっちのぼくに肩をすくめることだろう。

「ぼくはこれから日本なので、三四郎はドッグトレーナーのところで他の犬たちと合宿なんですよ」

たぶん、言い訳じみたやり取りをして、その場を取り繕うのであろう。

それから、ポケットに手を突っ込んで、いつもの公園まで歩いて、広々とした芝生の中を歩くのだろう。人間というのはなんだろうな、と思う。

こういう寂しい気持ちを繰り返していくのに違いない。寂しいことが人生だから、しょうがない。

またいつか戻ってくる日常を信じて、なんとかここは切り抜けなきゃならない。

頭を切り替えよう。日本で待ってくれている人たちに会いに行こう。三年ぶりのライブに向かおう。

ぼくは笑顔の訓練をしないとならない。

どんな時であろうと、雨であっても、微笑んでいたいから……。

三四郎日記　ムッシュ〜、ボクはついに泳げるようになったよ

フランスは猛暑で40度超えの日が続いてるんだ。ジュリア曰《いわ》く、こんな暑い夏は経験したことがないって…。ムッシュ、そっちはどう？　ここよりはましかなぁ。ジュリアの家は窓がたくさんあるし、風が抜ける家だから、夜になるとちょっと涼しくなるんだ。ボクたち（合宿している三匹の仲間たち、スニとグリとボク、サンシー）はみんな一番冷えている石のタイルの部屋に集まって雑魚寝しているよ。ジュリアの横でもいいけど、ちょっと今は、暑くてね。（わん♪）

あまりに暑すぎるので、ジュリアとの森散歩も、午後から早朝に変更されることになったよ。ジュリアと犬のボクたちは早起きをして、誰も通りを歩いていない時間、まだ人々が寝静まっている時間の森を散歩することになったんだよ。

まだ静かな朝のパリからの出発。眠いけど、でも、なんかいつもと違うイベントみたいで、ボクはワクワク。それに、みんなと一緒だから、早朝だろうと楽しいんだよねー。

森の中の小川の周辺がボクたちの散歩の目的地になっている。というのは、みんなそこで泳ぐのが大好きなんだ。

ボク？　ボクはちょっと、みんなのように泳ぐのが得意じゃないから、今までは岸辺でジュリアに水をかけられたり、ちょっと脚を川面につけたりして、水遊びをしていた、でも、ついにその日が来たんだ！

だいたい、いつもは大型犬のシェパードとかラブラドールなんかが泳いでいるのを眺めているだけだったけど、これじゃあ、面白くない。ボクひとり、おいてけぼりじゃん。みんなみたいに飛び込みたいという気持ちがだんだん芽生えてきたんだ…影響ってすごいよね。怖かったけど、意を決めて、ボクは川に飛び込むことになった。岸辺でじっとしているだけの自分でい続けるのが恥ずかしくなってきたから、元狩猟犬の意地を出して、笑、思い切って、みんなのように、飛び込んでみたんだよ、すごいでしょ。でも、飛び込んだはいいけど、足がつかない。

「わ、なんだこりゃあああああああ。たすけて〜」

沈みかけるので、必死で全部の脚で漕ぐのだけど、地面がないから、パニックになっちゃった。その時のボクの困惑、わかるでしょ？　思わず、ムッシュ〜、と叫んでしまったよ、わん♪　でも、じっとしているとぶくぶく沈んじゃうからね、ともかく、みんなを真似て、川から顔だけ出して、一生懸命走る真似をし続けた。超必死…犬かきというんだって。すると、ちょっとずつ、ちょっとずつ、水の中を移動することが出来るようになったんだ。

あ、なるほど、これか、泳ぐって、こういうことなんだ、って気が付くことができた！

おお、泳いでいる!!

そしてそれは、結構楽しいことでもあった。陸地を走るのとはぜんぜん違う感覚。これが泳ぐということなんだ、という感動が次に押し寄せてきた。

ジュリアが岸辺から、大きな声で言ったよ。

「サンシー、泳ぐのが上手ね！　上手よ、そのまま向こうの岸まで行くのよ」

ボク、褒められた。泳ぐのが上手なんだって。

しかし、それにしても、向こうの岸って、どこ？　ええええ、あそこかぁ、遠いなぁ。

でも、もう、引き返せなかった。ボクは必死で漕ぎ続けるしかなかった。

一緒に暮らしている二匹はもちろん、ボーベ先生のところの他の子たちもみんなボクの泳ぎを応援してくれたんだよ。

「がんばれ、サンシー」

「サンシー、あとちょっとだぞ」

「わんわんわん、♪」

みんなが先回りして、こっちだよ、と吠えている。そこへ行けばいいんだね。でも、ここで大きな問題が立ちはだかった。陸地に上る方法がわからないんだ。

つまり、ボクの脚は短いからね、ミニチュアダックスフンドだから、他の犬のように、自然に岸辺に上陸できないんだよ。焦ったよ。

登ろうと思っても、滑って、また川にずるずると引きずり込まれていくんだもの。え、え、え？　やばい。溺れちゃう。もう、力が尽きそうだ。陸に上がるのに苦戦していたら、大の仲良し、ビーグル犬のスニが心配して走ってきてくれた。

「こっちだ、サンシー、ここから登るんだ」って、大きな声で吠えて、ボクを誘導してくれたんだ。ちょっと浅瀬があったので、ボクはスニのいる方を目掛けて、再び泳ぎ出した。

「サンシー、頑張れ」

みんながやって来た。

「サンシー、木に爪でひっかけて、登ればいい!!」

スニはいつもボクのことを心配してくれる。合宿に来て一番よかったことはスニと仲良くなれたこと。ジュリアも優しいけれど、犬同士で遊ぶってすごく楽しい。犬同士で助け合うって、本当に素晴らしいことなんだよ。ムッシュ、次に会える時、スニを紹介させてね。世界で一番仲良しのわんちゃん。いつも一緒に暮らしている兄弟犬なんだよ。

シーズーのグリもボクと戯れるのが大好き。ボクらはいつも三匹で遊んでいる。三匹でお昼寝している。

ムッシュに早く会いたいけれど、スニとグリともこうやってずっと一緒にいたい。今度、海に行く日が来たら、ムッシュにボクが泳げるところを見せてあげたいなぁ。ムッシュが戻ってきて、また車に乗って海に行くことがあったら…。

ムッシュ、お仕事、頑張ってね。日本もきっと暑いよね。ちゃんと食べてね。

猛暑のパリから、じゃあね、わん♪

一人と一匹わんだふるな旅

202208-202301

ついに、三四郎と再会したのだ!!! ひゃっほー、さんちゃ――ん

8

月某日、ということでパリに戻った。パリは熱波で大変だということだったが、けっこう、涼しく、過ごしやすい日曜日の夕刻であった。とりあえず、荷物を家において、三四郎をお迎えに。ぼくら(マントふみ子さんとぼくのこと。マントさんが三四郎をジュリアの合宿所から引き取ってくださっていた)は、いつもの芝生公園で待ち合わせたのである。

さんちゃんが遠くに見えた。

三四郎、いつものごとく歩かず、ぐずぐず、とぼとぼとしていたが、遠くに、ぼくを見つけた瞬間、矢沢永吉さんの「時間よ止まれ」状態になった…。

次の瞬間、濁流のように転がりながらぼく目掛けて、走り出したものだから、リードが伸びきって、一度、ひっくり返って、後ろにジャンプ。

それでも、突進してきて、ぼくの足元で、うれしょーーん!!!

あはは。そうか、そうか、そんなにうれしいのかぁ!!!

おおお、筋肉がすごい。確かに痩せているのだけど、でも、重いのである。何が違うのか、写真や動画からはわからないことがわかった。毛が、毛が伸びたのである。めっちゃ全体の毛が伸びていて、ロン毛になったビートルズみたいなお姿。だから、違和感があったのか、なるほど、でも、可愛い。

ぼくが抱きかかえると、腕の中でもう大暴れ、わかった、わかった、もう、大変。

悪かったねー。こんなに待たせてごめんなさい。

たくさん、べろべろされてしまった。マントさん、微笑んでいる。そうか、マントさんも、ずっと一人暮らしで生きてきたのか、三四郎がいなくなると、寂しくなるだろうな。ジュリアからも、早くまた預けてね、ムッシュ、と連絡が入っていた。あははは、人気者め。

窓を全開にし、空気を入れ替え、三四郎の生活環境を整えてあげて、いつもの椅子でごろん。もちろん、ぼくの足の間にサンシーがいる!!!

三四郎はうれしさが止まらないみたいで、ずっとぼくの身体にすりすりしている。

「よしよし、よしよし」

今日はここで寝てあげようかな、一緒に…。えへへ。

やっぱり、三四郎は超かわいい〜。

「合宿は楽しかったかい？　他のわんちゃんたちとは仲良くやれていたのかい？」

ぼくが話すと、いつものように、ビクターレコードのあのわんちゃんのように、耳を傾けて、不思議そうな顔をする。まあ、いい。暫くは、パリにいるから、安心しなさい。

「お、そうだ。来月、引っ越すからね。今度のアパルトマンは、目の前が広場だから、いつでも走り回れるよ」

「わん」

「よしよし、その前に一度、田舎に行こう。海を走ろう」

「わんわん」

海という日本語は覚えているようであった。

「海だ、海!!!」

「わん!」

かわいい。ぎゅっと抱きしめてあげた。ぼくのお腹の上で、気持ちよさそうにしている三四郎…、ずっと、一緒なのであった。

8

日常を取り戻しつつパリの朝、三四郎とカフェで過ごせる幸福

月某日、日常が戻ってきた。パリに戻ってきて4日目。昨日は、朝、昼、夕方、夜と三四郎を四回散歩に連れて行った。ジュリアのところでの合宿の成果が出ており、外でピッピとポッポがちゃんと出来るようになっていた。朝の散歩ではポッポを三回もしてくれて、おおじょんべんも一度、…父ちゃん、うれしい。

カフェのテラス席に並んで座り、落ち葉が積もる並木道を行き交う人々を眺めながら、父ちゃんはカフェオレを飲んだ。ああ、やっぱり、パリのコーヒーは世界一である。

三四郎はいい子にしているので、おやつを与えた。

他の犬たちとの共同生活から解放されて、なんとなく落ち着きを取り戻しつつある。父ちゃんに寄り添い、幸せそうだ。

カフェオレ、最高なのじゃ。パリだァ…。

11時にブリュノに紹介してもらった引っ越し業者さんが見積もりにやって来た。息子の引っ越しを依頼する業者さんである。4階から2階に引っ越すのだけど、引っ越し代金が700ユーロとちょっとイメージしていたよりも高め。でも、ブリュノの紹介だし、時間もないので、ここでお願いすることになりそうだ。

ぼくの方の引っ越しは量が多いので、さて、どうしたものか、と悩んでいる。まだ銀行保証のチェックが遅れているので、正式な契約はこれから、という感じだし、大丈夫なのかなァ。

昼の散歩はいつもの公園を走らせ、ぼくは行きつけのカフェでウフマヨを食べた。マヨネーズの中にトリュフが入っている。これとパンとワイン。まさに日常である。

ぼくの足元に三四郎がいて、伏せをして、遠くを見ている。長閑《のどか》な昼下がりであった。昼寝のあと、机に向かい、ちょっとだけ仕事に没頭…。三四郎が退屈して何かを嚙み始めたので、ボール投げなどをして、遊んであげた。それから、買い物兼散歩に連れ出した。

スーパーで顔見知りの店員たちと「やあ、久しぶり」とあいさつをかわす。三四郎、中には入れない。向かいの八百屋にマーシャルがいたので（こちらは三四郎を抱えていれば入ることが可能）、茄子と葱を買った。

夜、日本から持ち帰った「すみれ」ラーメンを食べる予定なので、それにあう肉味噌茄子炒めを作ろう。まさに日常である。

食材を冷蔵庫にしまい、コーヒーを淹《い》れて、キッチンで立ち飲みした。ああ、幸せ。19時半に三四郎に夜ごはんを与え、それから夜の散歩に連れ出した。

教会の周辺を歩いていると、ピエールとばったり出くわした。夏はニースで過ごしたようで、小麦色の肌になっていた。秋にアルバムのレコーディングをするので、配信、手伝ってくれ、とお願いした。いいよ、と二つ返事。ニースの避暑地に金持ちのロシア人がいっぱいいたよ、と肩を竦《すく》めた。制裁はまるで効いてない、感じだね、とぼくも肩を竦めてみせた。むしろ、欧州のガス代金は跳ね上がりつつあるし、変な世界だよな、と渋い顔。それにしても、誰一人、マスクをしていない。コロナはどこに消えたのだろう。まことに、不思議な世界である。

家に帰り、肉味噌茄子炒めを作って、すみれのサイドディッシュとした。めっちゃ、美味かった。

三四郎を寝かせつけ、ぼくはちょっとだけ仕事をしてから、消灯した。

9

ぼくは新しい病に見舞われ、毎日、作り過ぎたごはんを眺めている

月某日、ぼくは、きっと、わかっていて、三四郎を育てることにしたのである。今日、田舎道を三四郎と歩きながら、そのことに、気が付いたのだった。つまり、長年、育ててきた息子君が、大学生になって、家を出た。そのうち社会人になり、結婚をして、家族を作る。いずれ、息子君も自分の家族を持つ。息子に迷惑はかけられない。だから、父ちゃんは、そっと、生きているのである。

いつか、ぼくはぼくで生きる人生を作らないとならない。結婚には向かないので、パートナーが出来るか、未知ではあるが、（性格が難しいからね、みんな離れていくし、あはは）もしかすると、ずっと一人で生き続けるかもしれない。おお、寂しいぞー。

ただ、息子君が大学生になるのはわかっていたから、寂しくなる前に、手を打たないとならないと思い、子犬を探した。そうだ、その通り、間違いない。

ぼくは、昔から、人の面倒をみるのが大好きだった。料理も好きだし（掃除は嫌いだけど、普通の男子の中ではやる方かもしれない）、誰かのために尽くすのが好きなのだ。やり過ぎて、嫌われる、というのはあるかもしれんね。

ともかく、ああだこうだ、世話をしてきた息子が巣立ったら、途端に、ロスに見舞われるのじゃないか、と心配をして、コロナ禍の始まりの頃から、子犬との生活をイメージして準備してきた。三四郎、すまない…。感謝である。

そして、今、ついに、その時がやって来た。息子は大学都市の近くにアパルトマンを借り、一人暮らしをスタートさせた。日本円で20万円を超える初任給で給仕のアルバイトをしながらの学生生活だ。勉強、音楽、仕事、友人関係と忙しくなり、きっと、家には寄り付かなくなっていく。ぼくはそのことも見越して、田舎に小さなアパルトマンを買った。今、そこでこの日記を書いている。

そんなぼくの、実に、ちょっと困った病気が併発した。つまり、長年、大量に料理を作ってきたので、つい、食材を多く買ってしまう病なのである。大量飯病だ。

「そうか、あいつ、もういないんだ」

ぼくは多めに作ってしまったパスタを見下ろしながら、溜《た》め息をつき、残りを冷蔵庫にしまうのだけど、結局、翌日も食べきれなくて、げんなり、という日々にいる…。

そこで、ここ数日、ぼくは一つの新しい目標を作った。

「残さない分量を作る、一人飯分量人生である」

これが、実に難しい。というのは、育ち盛りの息子がいなくなって、分量の目安がちっともわからない。

前は、パスタでも、ざくっと握れば、見事二人分、180gをつかんでいた。息子が110g、ぼくが70gという感じである。

一人なので、半分を目指して握ってたつもりでも、出来てみると、かなり大盛りのパスタになっている。ごはんも、一合を炊くというのがなんか、寂しくて、一合半作って、残り一合は冷凍するものだから、冷凍庫がサランラップにくるまれた白米だらけに。とまれ、一人で生きる飯分量の練習を始めた父ちゃんなのだった。

そもそも、鍋とかフライパンが大きいのがいけない、と、大きなフライパンを息子に譲った。ということで、まずは、小さなフライパンなどを買いに行くところから始めないとならない（そういえば、ニコラ君やマノンちゃんからも連絡がない。新学期が始まって、彼らも新しい人生で忙しいのかなぁ、寂しいなぁ）。

ま、なんとかなるでしょう…。慣れるしかない。…慣れるか、どうやって？

ま、子育てにも長い年月がかかったので、ここからは、自分育てにやはり長い時間をかけないとならないかもしれない。まずは、一人飯分量になれなきゃ。これがねー、ごはん、半膳も食べないのだから、炊飯器も不要になっている。だんだん、料理もしなくなるのかもしれない。

ＮＨＫのドキュメンタリー番組「パリごはん」の撮影をしないとならないのだけれど、誰に向かって料理をすればいいのか、ＮＨＫさま、わからないのである。おほほ。知り合いとか、友人とか、ママ友とか、アドリアンとか、毎日、誰かを家に招いて、料理でもすればいいのだけど、息子は血がつながっているから、ま、苦じゃないけど、他人はね、やっぱり気疲れするんだよね。人間嫌いな父ちゃんなもので…。いひひ。

ということで、今日はタイ米をちょっと炊いて、ゴマ塩をかけて、残りものの鳥野菜スパイス煮込みを小皿にいれて、ういきょうのおしんこを添えて、はい、いただきまーす。「さんちゃーん、美味しいよー」と振り返ったら、三四郎は寝ておりました。あはは。

ぼくと三四郎との奇妙な関係について

9月某日、犬は人間の友だちである。ぼくは結局、寂しい人間だけれど、人や動物の世話をする、または後見人になることが、好きなのだ、とわかってきた。

息子が大学に通いだし、独立をした今、三四郎はぼくを映すかがみのような存在になった。ものは言わぬが、心は通じている。犬なので、必死に教育をしても、会話が出来るようになるわけじゃなく、育って立派な社会人になってくれることもない。ずっと、一生、子供のままぼくの傍にい続ける。ボールを与えると、それを必死で追いかけ、くわえて、ぼくに持ってくる。それ以上のことは出来ない。ぼくの膝の上に飛び乗って丸くなって寝ている。それ以上のことはしない。ぼくが語り掛けると、小首をかしげはするけれど、意味を理解することもない。

でも、三四郎がそこにいてくれることで、ぼくは大きな安心を貰うことが出来ているし、寂しくなくなるのだから、この小さな存在の大きな意味に感謝しかないのだ。

今日、朝の散歩で、気が付いた。

三四郎の鼻先は地面から2センチのところにあり、三四郎の目の高さはせいぜい10センチのところにある。

つまり、彼が毎日見ている世界は、そんな低い位置から見上げている世界なのだ。

ぼくは地面に這いつくばってみた。

ぜんぜん、見え方が違っていることに気が付いた。

これが三四郎が見ているパリなのか、と思った。

彼は木漏れ日に怯《おび》え、人の影におののき、ショーウインドーに映る自分に驚愕《きょうがく》し、車に反射した光に飛び跳ね、喧噪や様々な侵入者が近づいてくるとぼくの後ろに隠れてじっと動かなくなる。

それほど、か弱い存在なのである。

ぼくがいないと生きていくことの出来ない、そんな三四郎を育てることが、今、ぼくの人生に意味を与えているというのだから、不思議である。

シングルファザーは頑張ったけれど、息子も巣立ち、本当の意味で、一人になった。けれども、たくさんの人々に囲まれ、ぼくはぼくの街角で、思ったよりも多くの愛を頂き、今は生きることが出来ている。

ぼくを素直な人間にさせたのは、三四郎であった。

カフェに行くと、みんながぼくに近づいてきて、三四郎に手を伸ばす。

三四郎を抱きしめてくれる。

この街で一番不機嫌な女性がいる。その人でさえ、三四郎には笑顔を見せる。

この街で一番怖そうな人も、この街で一番人気のある人も、みんな三四郎に手を差し出し、三四郎がその手を舐めると決まって幸せそうな顔をするのだ。

見知らぬ人たちが、必ず、三四郎を振り返り、笑顔で、キュートな子ですね、と言って去っていく。

まるで幸せをばらまく犬…。ぼくはその都度、孤独ではなくなる。

三四郎という存在を通して、世界とつながったような連結の幸福を覚える。

この子の登場はぼくの人生をリセットした。

愛とはなんだろう?

ぼくは愛を失ってばかりいる、ぼくはもう誰かへの愛を期待しない。

ぼくは子供たちを愛している。それで十分だ。

そのかわり、この子犬と、ぼくは田舎で、海を見ながら生きることになる。

少しずつ、田舎にも友だちが増えてきた。

そこはぼくが買った小さなアパルトマン、引っ越すこともない。

パリから二、三時間、英国海峡を見渡せる浜辺の、人口、三千人程度の街である。

でも、人は優しい。

三四郎を通して、どんどん、新しい出会いを続けている。

この子がぼくと世界をつないでくれている。それは、想像してほしい、すごいことじゃないだろうか？　この子は、初めて会う人に脅威を与えないし、逆に、人々の微笑みを誘う。それは本当に、目元が緩むほどの、愛おしい存在なのである。

ぼくは物事に厳しすぎる性格だから、人間と渡り合うのが下手だ。ぼくのＬＩＮＥに登録された人たちの半分はもうご縁のない人ばかりで、その人たちとのやり取りを時々、少しずつ消すのが日課なのである。

ぼくは変わり者なのだ。もちろん、よく、わかっている。でも、そんなぼくなのに、三四郎は、傍にいる。彼はきっと、ぼくを頼っている。この子を死ぬまで面倒をみることが、ぼくの幸せかもしれない。面倒くさいなァ、と思う朝の散歩も、ぼくがやらないとこの子が不幸になる。三四郎を抱きしめてあげると、そのぬくもりが伝わってくる。ぼくはぼくなりに生きていこうと思う。寒い冬にも虹がかかるのだから…。

三四郎くん、1歳のお誕生日おめでとう。長生きしようね大作戦

9月某日、日付が変わって、今日、9月24日は三四郎の1歳の誕生日である。

「犬の誕生日ケーキ」とかあるのか知らないけど、笑、食べられるものが限られている中で、ドッグフードじゃなく、何か美味しいものを作ってお祝いをしないとなァ、と思っている父ちゃんなのであった。

どんなものがいいだろう、と想像しては興奮しすぎて、咳《せ》き込んでいる始末…（気管支炎がきつくて）。あはは。

とりあえず、鳥の胸肉を茹でて食べさせてあげようかな、と…。現在、ネットで調理法などを調査中。

ともかく、この子がこの世に生まれて一年が過ぎた。

これもネット情報だけど、ミニチュアダックスの平均寿命は13歳くらいらしい。意外と短いので、ちょっとショックな父ちゃんである。ぐすん。平均寿命を生きたとして、その時、ぼくは76歳ということになる。うわー、やばいね。そんなに生きようだなんて、思ったこともなかった。

ま、三四郎を看取るまでは頑張って生きなきゃならないかも。それが親の責任というものである。ということで、今日の日記、いきなり、暗いスタートになった。

1歳のめでたい日なのに、もう、終わりを想像している…、小説家の悪い癖なのだった。三四郎が我が家にやって来た1月のことを思い出す。フランスの田舎の「犬の

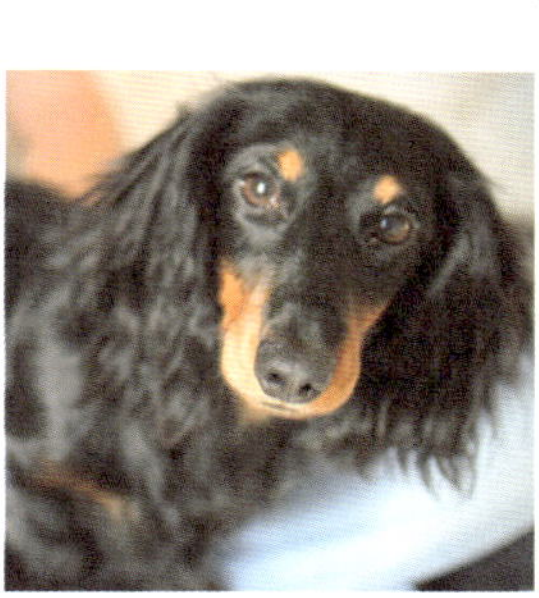

館」までぼくは彼を引き取りに行ったのだ。その時の三四郎は、目も合わせられない超田舎者で、とっても大人しい子犬であった。車に乗せたけど、車を怖がって、吐きまくった。大都会、パリに着いてからも、あまりの環境の変化に、最初の夜は朝まで、吠え続けた。でも、愛おしい。

まるで、子供を天から授かったような激しい使命感を受け取った日でもあった。あれから、今日まで、夏の時期の合宿における「別離」はあったが、なんとかそれも乗り切り、ぼくらはがっちりと家族関係を構築することが出来たのじゃないか、と思う。わずか一年だけど、人間の7倍（?）の速度で成長を遂げているということだから、人間ならば、小学生というところか…。

出会った頃に比べると、そのくらいの成長差を確かに感じる。頑張ったね、と泣き上戸の父ちゃんは目頭を押さえながら思うのだった。

今日、散歩に出たら、お馴染みピエールが愛犬のマルグリッドちゃんを連れて散歩していた。ちょっと毛の長さが違うけど、同じ犬種同士、遠い親戚？　の二匹、めっちゃ仲がいいのだ。マルグリッドと三四郎、ひしと抱き合って、お互いの存在を感じ合っていた。実に心和む、愛おしい光景ではないか。

ド田舎からパリに出てきて、九か月以上が過ぎた。彼にとっては初めての引っ越しになる。途中で合宿を経験しているから、きっと上手に移り住むことが出来るのじゃないか、とは思っている。

この子は、ずっと子供なのだ。子供ながらの成長はあるけれど、息子君のように学校に行くこともなく、日本語を喋ることもなく、ぼくと一緒にキッチンで並んで料理をすることもない。当然、大学に行くこともないのだ。ぼくの足元にずっといて、ぼくを見上げて、静かに生きていく。それでも、生き物とこうやって向き合えることで、ぼくは多大な愛を三四郎から受け取ることが出来ている。寂しさを紛らわすことも出来た。生きる意味のようなものも、教えて貰うことが出来た。子犬を育てながら、自分の人生がいったいなんであるのか、を学ばせて貰っている。

この子と巡り合えた意味はものすごく大きい。

「ありがとう、三四郎。そして、1歳の誕生日、おめでとう」

犬友の輪が広がる。新世界でまたまた新しい仲間が増えていく

11月某日、朝、犬が集まる公園へ、三四郎と向かった。10時前後に、どこからともなく、わんちゃんが集まって来る。みんな、リードが外され、自由に走り回っている。

セントバーナード、コリー、ブルドッグ、シベリアンハスキー、ボクサー、ジャックラッセル、そして、我らがテッケル（ミニチュアダックスフンド）と実に幅広い犬種のわんわんサークルなのだ。

今日は二十頭くらいが集結した。その飼い主も同じくらい様々な人たち…。しかも、さすがは国際都市だけあって、半分くらいは外国人である。皆さん一応に仏語は話せ

るが、アメリカ人やドイツ人、イタリア人にイギリス人と、こちらも多種多様なのである。

さて、お犬様たち、その中でも三四郎は一番のおちびちゃんである。さすがにセントバーナードと並ぶと巨象とネズミといった感じなのである。

パリに戻ってまだ三日目だけれど、すでにほとんどの飼い主さんらと顔見知りになった父ちゃんであったぁ。早。特に三四郎が一番仲良くしているウエストハイランドホワイトテリアのリリーちゃんのお母さんがやはり一番親しいかなぁ。リリーと三四郎は背格好が大体一緒だから、ずっと甘噛みをし合ってじゃれ合っている。リリーは好奇心旺盛なメスのわんちゃんで、三四郎がずっと押されっぱなし…。だいたい小型犬は小型犬同士仲良くなってつるむみたいだ。大型犬は大型犬とじゃれ合っている。セントバーナードはさすがに三四郎を相手にしないのである。

リリーのお母さんは明るい人で、ぼくを見かけると、近づいてくる。隣の区から毎朝車でこの公園までやって来るのだという。もちろん、名前も、素性もわからない。

三日目だから、まだどなたの名前もわからないのだけれど、すでに、みんなと顔見知り。ボンジュール、と言い合う仲なのだ。父ちゃん、ここでも友だちが増えそうな予感…。

今回は、三四郎を経由し、親しくなっていきそうな予感なのである。飼い主との情報交換はないけれど、飼い主が呼ぶ犬の名前で、憶《おぼ》えていく。

「プーシキン、そっち行っちゃだめだよ」

プーシキンはメスのコリーだ。背の高いマダムが飼い主さんである。

「トゥック、モッカ。戻ってこい！」

この二匹、オスとメスのボクサーなのだ。飼い主はスペイン人で、パリまでキャンピングカーでやって来た。この界隈に暫く滞在中なのだという。ドッグフード会社に勤めているらしいが、何が目的でパリに出没しているのか、ここで何をしているのか、わからない。

「プロザック、おいで」

プロザックとはフランスの精神安定薬の名前。誰かが、なんでそんな名前を付けたのか、とおじさんに聞いていた。おじさんは、バイアグラ、とつけないだけまだましでしょ、と冗談とも言えないような皮肉をほざいていた。おっと、ちなみに、プロザックはブルドッグである。このプロザック君、額のところに痛々しくも噛まれ痕が残っている。数日前に、大型犬に囲まれて、ぼこぼこにされたのだとか。リリーのお母さんが教えてくれた。

「でも、不思議なのは、その時、他のブルドッグがプロザックの味方になって応戦したの。やはり、同じ犬種ってわかるみたいね」

へー、なるほど、そんなものなんだね。毎日が勉強の連続である。

ところで大人には嫌われる父ちゃんだけれど、犬猫や子供には愛される。ここでもやはり、なぜか、ぼくに懐く犬が多い。まだ三日目なのに、今日はめっちゃ大きなボクサーのモッカちゃんに抱きつかれた。目が合った瞬間、モッカは動かなくなった。

そして、じっとぼくを見て、好きよー、という感じで突進してきたのである。好きよー、ムッシュ～次の瞬間、飛びつかれた。遠くからまっすぐ走ってきて、人間がするように両足でぼくの肩に手を押し当て、抱きつこうとしたのである。

三四郎に飛びつかれるならまだなんとかなるが、人間の女性くらいある大きなボクサーの雌犬に飛びかかられて、ハグをされたのである。うわ、わわわ…。それも、何度も何度も何度も…。

スペイン人の飼い主が飛んできて、

「すいません。大丈夫ですか?」

と言った時は、ぼくのコートは泥だらけ。なぜなら、ここ最近、雨続きで地面がべちゃべちゃに濡れているのである。

「いや、ぜんぜん。この服は犬服ですから」

犬用…。心配させないように、言い訳をしておいたが、実はけっこうお気に入りのブランドものであった。心の中では汚れが落ちるか、ちょっと心配な父ちゃんなのであった。

でも、モッカに好かれてうれしい。モッカは噛みつくわけじゃない。ぼくに抱きしめられたいのである。仕方ないから、ぼくはモッカをぎゅっと抱きしめてあげた。そしたら、ペロッと頬っぺたを舐められてしまったのである。

「珍しい。この子がこんなに懐くなんて」とスペイン人が言ったが、あのね、ぼくは泥だらけなんだよ。家に帰ってコートの汚れを落とし、ソファでごろんと横になっていると、今度は三四郎がやって来て、ぼくの唇をペロッと舐めた。

「うわ、何すんだよ、お前」

もう一度ペロッとやられた。モッカちゃんの真似、もしかすると、焼きもち焼いてるの?? 犬という生き物は実に可愛らしい。

ぼくは今日も三四郎を抱きしめてまどろんでいるのである。

12 三四郎の冬のコーデが発表されました。もう、寒くないね

月某日、厳冬のパリなのである。とにかく、毎日、マイナス2度、3度という日が続いているので、さすがに自前の毛皮を着ている三四郎でも、これは寒い。朝の散歩も行きたがらない、無理もない。

少し前のこと、ミニチュアダックスフンドを飼っているご近所のナタリーさんが、体形にぴったりのマントを着ているツイッギーちゃんと歩いていた。

「わ、かわいい」

「これはね、テッケル（ダックスフンド）専用のメーカーなの」

「ほえ」

「テッケルって、胴長短足でしょ？　普通の犬服だとあわないのよ」

「そうなんですよ。胴長だから、うちの三四郎は尻尾までセーターが届かないんです。めくれた感じになっちゃって」

「ムッシュ、ここのメーカーなら大丈夫よ、胴長短足に対応しているし、可愛いの」

ということで、さっそく、戻ってネットで調べ、あまりに可愛いので、注文しておいたのだった。それが今日、届いた！　やった。で、さっそく、さんちゃんに着せてみたのである。

おおお、かわいい。ところが、一つ問題が…。これを着せると、なぜか、ごろんと横になり、寝てしまうのである。え??　なんで、なんで、そうなるの？　どうやら、ピタッと温かい生地がフィットし、包まれた感じになるのであろう…。動かない…。

「おーい、散歩に行くよ」

しーん。レインコートとか、セーターとかいろいろな種類があったのだけど、今回は、ぬくぬく素材のマントにしてみたのだ。三四郎はこれを着て、ごろごろしている。ま、それもいいかな、と思って、父ちゃんも見守っている。

でも、これを着て、泥んこの中で転がったら、これ、セーターじゃないから手洗いとか難しそうだしな、といきなり頭を抱えた父ちゃん。さんちゃん、毎朝、犬仲間たちと泥だらけになるまでかけっこをするので、いつも帰ったらお湯で洗い、セーターは手洗いしているのである。この冬マントは手洗いというわけにはいかないね。え？　じゃあ、犬公園で他の犬たちと走り回るのは無理か…、おっと…。本末転倒ではないか。出た、人生の節々で父ちゃんを困らせる「本末転倒」！

とりあえず、百聞は一見に如《し》かず。三四郎が起きてきたら、これをもう一度着せて、散歩に出てみることにしよう…。

街灯まで頑張って歩いたら更に次の街灯まで、という父ちゃんの生き方

12月某日、一仕事が終わり、疲れたのか、昨夜はよく寝付けず、明け方までベッドの上でごろごろ考え事をしていた。ぼくは毎年、年末に次の一年の自分の目標を決めることにしている。今年は、すでに来年の5月29日のキャパ2000席もある、フランスミュージックシーンの殿堂、オランピア劇場でのライブを成功させるのが大目標なので、そこまでどういう生活を送るのか、が課題ということになる。ま、前半は健康維持&体力づくり、そして歌とギターがメインになるのだろう。

仕事部屋の一角にマットを敷いて、ローラー運動を始めた。これはぼくの健康維持に欠かせない道具である。人間はだんだん身体を動かさなくなる。筋が強張り、筋肉が堅くなるので、ローラーで緩めて、常に、柔らかい肉体を維持しないと、声も出なくなる。

今日は、ちょっと離れた地区にあるお気に入りの商店街まで、三四郎を連れて、買い出しに行った。飼い主の顔は覚えていないのだけれど、なぜか、この街の犬の顔はだいたい覚えたかもしれない。この周辺に柴犬が数匹いるのだけど、その中の一匹に「つんどら」という子がいる。飼い主は女性二人（カップルだと思う）で、いつも、そこかしこでお会いするので、向こうも「三四郎」のことは覚えてくれた。もちろん、飼い主はほぼ素性を明かさない。なので、ぼくもその人たちの名前は知らない。今日は髪の短い方の女性だけだった。

「ぼんじゅーる」

　ぼくらは笑顔だ。ぼくがしゃがむと、柴犬はぼくの傍にやって来る。

「ぼんじゅーる」

「君は、日本の血をついでるんだぞ」

　最近、フランスは柴犬だらけ。有名なユーチューバーが飼ったのが始まり。彼は日本まで柴犬を引き取りに行ったのだ。その直後、フランス人がこぞって柴犬を飼うようになった。柴犬はぼくが日本人とわかるのか、すべての柴犬がぼくのところにやって来る。で、三四郎が焼きもちを焼く、という構図であった。攣《つ》りあがった目が可愛い。あいきょうがある。

「この子のお父さんが日本から来たの。この子はこっちで生まれたのよ」

　息子君と一緒だ、と思ったけれど、余計なことは言わなかった。

「良い一日を」

　ぼくは立ち上がり、彼女にそう告げた。

　柴犬と一緒に、ずっと笑顔でぼくを見送ってくれた。穏やかな朝であった。

　商店街の入り口のいつものカフェでカフェオレを飲んで、新聞スタンドにちょっと立ち寄って、商店街を端から端まで歩いた。

　実は渡仏直後、この辺に住んでいたのだ。あまり、今は思い出すこともなくなったが、生まれたばかりの息子君を背負って、よく買い物してたっけ。

　でも、今はこの黒い子犬がぼくに寄り添っている。仲良くしようね、さんちゃん…。

イタリア人がやっている惣菜屋が商店街の中心にある。そこで、ミラネーゼを一枚買った。5ユーロである。息子君がいたら三枚は買うけど、一人なので、一枚。しかも、その一枚も食べきれるものじゃない。衣をはがして、三四郎のおやつになる。

戻って、パスタを茹でた。マーシャルから貰った野菜がいろいろとあったので、ミネストローネスープを作った。多めに作った。明日も食べればいい。健康のために野菜は大事である。にんにくたっぷり、乳化でとろとろの父ちゃんのペペロンチーノ。

あはは、全部、イタリア料理だね。金曜日のランチはイタリアンが似合う。

窓から差し込む光をじっと見つめながら、静かなランチとなった。

2022年も終わるのだ、と思った。でも、来春にライブがあるので、年をまたぐという気持ちが起きない。目標に向かって、どうやって体調を管理し、ベストのライブをやるか、だけにぼくは集中している。なので、これまでと年末の在り方がちょっと違うような気がする。すくなくとも、人生というのは長く、曲がりくねっているので、いくつかの目標があると、頑張ることができる、ものだ。

小学生の頃、ぼくは次の電信柱まで頑張ろうと思って歩いていた。電信柱に着くと、その次の電信柱を見て、そこを目指す。名付けて、「電柱作戦」。

今のぼくにとって、オランピア劇場でのライブは、次の電信柱なのである。そこへ向かって歩くことが出来ることを「充実」と呼んでも差し支えはないのだろう。

年末の商店街で、仔牛のカツレツを一つ買って、三四郎と家路に向かう間中、ずっと、ぼくは、今日も元気に生きることが出来ていることに感謝を覚えていた。

自分が変わらない限り、世界は変わらないのだ

12月某日、今の自分のままでいいのかなぁ。最近、よく考えることだ。自分の生き方を少しだけ変えてみるのはどうだろうと衝動的に思った。人生を振り返らないようにして生きてきたけれど、ちょっと振り返ってみてもいいのかもしれないなぁ、と珍しく思い始めてきた。

川の流れのような世界の中にいるから、どんどん流されていく。大河の流れは川岸から見る限り雄大だけれど、流れの中心にいると目まぐるしい。

世界が変わらないと嘆いているだけでは、世界は変わらない。

方法はきっとある。自分が変われば出会う人が変わる、自分が変われば世界は変わる、のだから。

そうだ、自分を変えてみればいいじゃん。今まで選ばなかった道を歩くように、ちょっとだけ、何かを変えてみよう。違和感を感じるならば、後ろに下がって、少し離れて、自分を見つめ直してみる手もある。

少し旅に出るように、今いる場所から離れてみるのはめっちゃいい手だと思う。違うな、と思ったら、戻ればいいし、戻ったら戻ったで見え方は変わっているはずだ。

自分に飽きたらつまらなくなるから、その前に、自分を変えてみる。自分が変われ

ば、当然、これまでとは違った世界が出現する、いいか悪いかは別に。とにかく、やってみないとわからない。押してダメなら、引いてみればいいだけのこと。

でも、繰り返しだけでは自分がダメになる。同じ場所にい続けると、同じ矢が同じ方角から飛んでくる。みんなに愛されるのは無理だよ。一人にさえ愛されないというのに…。

間違いなく、来年は人類にとって今までにないくらい厳しい時代になる。

世界という大きなボール、今や穴ぼこだらけになっちゃったじゃないか。もう、元のボールには戻せない。すくなくともぼくが生きている間に。穴ぼこを見ないようにして生きている。何年持つか、という我慢大会みたいな。他人がそんなに気になるのは、こんな時代に、考え直すべきかも。死んだら、どうなるか、考えてみよう。

貯金はどうする？　引き出しの中の大切なものはどうなる？　好きな人たちはどこへ消える？　よかった。気が付くことが出来たんなら、試してみたらいいんだよ。

そんなにつながってばかりいても、成長できないし、同じことばかり喋って、悟ることも出来ない。

偉そうにする人から、離れよう。独裁者みたいな連中ばっかり、どうなってんの？

たとえば80億の人類のうち、10億人くらいは気が合わないとして、70億は残っているわけで、そのうちの5億くらいはどうでもいい人かもしれない、45億くらいは出会えない人だろう。残りの20億の中に、めっちゃ気が合う人がいる可能性がある。宇宙に生物がいる確率よりは、かなり、大きい。その20億人全員に会うことは不可能だけれど、近くの銀河に、一人や二人はいるはず。でも、自分の銀河から飛び出さないと出会えない可能性がある。

すくなくとも、ルーティーンの中には存在しない。

来年を最悪にさせないために、どうするのか？

まずは、それが問題である。12月31日は考える日になった。

三四郎、パスポートに許可印がないと出国できないことが判明

1月某日、いろいろと調べたところ、三四郎がフランスから出る場合、パスポートが必要だということがわかったのだった。↑今頃か。もちろん、三四郎は引き取った時に、獣医さんのところでフランスのパスポートを取得していた。それでいいと思っていたのだけれど、念には念を入れて各方面に問い合わせてみたところ、このパスポートに獣医さんのサインなり、スタンプが必要であることがわかった。

知らなかった。当然である。三四郎にとって今回が初海外旅行になるのだから。

ということで、餌も買わないとならなかったので、獣医さんのところに行き、タンポン（スタンプ）してもらったのだった。それに、これまでパスポートに写真を貼ってなかったことを思い出し、いわゆる証明写真なるものの撮影をやった。

フランスの犬のパスポートをご覧頂きたい。これじゃ。証明写真らしく、真面目な三四郎ではありませんか。それから、もしも、三四郎が迷子になったり、盗まれた場

合、彼を追跡できるよう、首輪の下にこっそりと電子エアタグをつけておいた。これは実は、トランクに放り込んでおくと、ロストバゲージになった時に世界のどこに今自分のトランクがあるのかがわかるという優れもの。うちの近所の犬公園に集まるお犬様たちは皆、これを首輪にはめ込まれておられる。

長旅になるので、一応、三四郎の旅関連グッズだけはもしもの場合を想定して、慎重に準備した父ちゃんであった。いったい何日の旅になるか、どこへ行くのか、出発直前であるが、決まってない有り様なので、そのための餌とか、寝具とか、ぬいぐるみとか、お薬とか、いろいろと集める必要があった。三四郎が車の中で退屈しないように、後部シートは全部、濡れても汚れてもいいシートで覆い、三四郎の移動遊園地とした。基本は助手席に座らせるけど、そこは退屈なのだ。

犬の天敵は「退屈」なのだそうで、5時間は越えないよう、休み休み、運転したい。あと、獣医さんにもいろいろと相談をし、こういう時はこうしてね、というアドバイスを貰ったので、ふふふ、いわゆる、万全態勢なのである。

まずは、いきなり海外は怖いので、様子を見つつ、フランス国内を移動する予定。二、三日、数百キロ走っては、犬が宿泊可能なホテルまたはAirbnb《エアビー》などを探さないとならない。だいたい、グランドホテルはどこも犬の宿泊がＯＫのようであった。犬公園で知り合った犬仲間さんからも、情報を収集した。この国は犬に優しい、とか、この国は犬が旅しづらいとか、ここのホテルがいいわよとか。

ちなみに犬は15ユーロくらいホテルから宿泊費を要求されることがある。たぶんだけど、専用ベッドとか用意してくれるのじゃないか、と想像している。ということで、三四郎は初めて、フランスを出ることになりそうだ。

今のところ、ストラスブールを目指して、スイスに入り、そのままイタリアへ南下し、ボロネーゼを二人で食べて戻ってくるコースを第一候補に、ベネチア出身のアドリアンに相談中。第二候補はフランスを南下し、モンペリエから、ピレネー山脈を迂《う》回《かい》し、地中海に出て、そこから友人が住むバレンシア、バルセロナを目指す、というコースも考えているが、このコースの問題は旅の行程が数千キロに及ぶ可能性があることか。

第三のコースは、バスク地方を回ってから、スペイン、ポルトガルに入るコース、欧州最西端の岬に三四郎を立たせてやりたい。

どちらにしても、どのコースも美味いものだらけの旅になること請け合いなので、旅美食日記を書くのが楽しみでならない。

三四郎にとって、スイス、イタリア、スペイン、ポルトガルは異世界である。フランスの片田舎で生まれた子犬だけれど、彼にとっては初めての旅行になる。

いったい、何が父ちゃんとさんちゃんを待ち受けているのだろうか…、乞うご期待！　愛車よ走れ!!!

昔は息子と父子旅だった。今は三四郎と父子旅2がスタートした

1月某日、シングルファザーとして生きることになった時、まずは小学生の息子と、旅を始めることにした。その二人旅は、「父子旅」と名付けられることになった。ぼくらは世界中を旅することになる。

最初に選んだ場所は冬のストラスブールであった。その時、息子は「パパがおじいちゃんになっても、一緒に暮らそうね。ぼくの家族と」と言ってくれたのだ。

あの一言がぼくをその後、今日まで支え続けてくれている。その子も大学生になった。

そして、ぼくらの父子旅は終わりとなった。欧州のほぼ全域、そして、アフリカや東欧、ロシア、アイスランド、アメリカ、日本の北海道から沖縄まで、ぼくらは何十万キロもの長い旅を敢行した。成人になり、巣立っていった息子とは旅をしなくなった。

そこで、ぼくは三四郎を連れて父子旅2を続けようと思いたったのだ。

血はつながっていないが、三四郎はぼくの子供のような存在である。彼との旅の中で、ぼくはぼくを振り返ることが出来るに違いない。彼は語らないが、ぼくに寄り添ってくれる大切な存在なのである。

それにしても、欧州は、犬との旅が実に快適である。犬連れで旅をしている人は多い。空港でもよく犬を見かけるし、犬連れ家族への理解はかなり寛大と言える。ほと

んどのカフェやビストロは犬連れを歓迎してくれるし、お客さんも笑顔を向けてくれる。もちろん、犬連れがダメな場所もあることはあるが、日本と比べると圧倒的に少ない（なぜか、高速のサービスエリアで犬は禁止というところがあった。初めての経験だったけれど、理由を知りたいと思った。他は全部大丈夫だったので）。

今、ぼくは中央フランス、トゥール市と高速の間あたり、のどこだかよくわからない小さな街のシティホテルに滞在しているが、「問題ありませんよ。ただ、犬は一匹、15ユーロかかります」と言われた。やっぱり！　人間一人分に比べればかなり安い。なんで、15ユーロかかるのか、部屋に入ってわかった。犬用のベッドと、犬の餌入れ、水入れが準備されていたのだった。でも、三四郎はホテルが用意してくれたベッドは気に入らないみたいで、普通の椅子に飛び乗って、「ここがぼくの場所だよ」という顔をした。うちは、自己申告、言った者勝ち社会、なので、「いいよ、じゃあ、そこで寝なさい」となった。

絶対、ベッドにはあげない。厳格なルールを作って、それを守らせることでダメなものがあることを彼は学んでいる。息子が今、お金の価値観を学んでいるのに似ている。

レストランで、人間が食べているものを欲しがらないように躾けるのはぼくの大事な仕事なのであった。

住み慣れた家ではない、いつもとは異なる場所でぼくらは寝泊まりをした。同じ部屋で寝るのは初めてのことになる。この旅の間はずっと、狭いホテルの一室、相部屋になる。今も、彼は椅子の上で寝ている。彼を起こさないように、ぼくはこの旅日記を暗い部屋のベッドの上で書いているのだ。あと、2時間くらいしたら夜が明けるので、朝ごはんを食べて、出発することになる。

旅をしている間、ぼくはいろいろなことを考えている。普段は振り返らない過去などを振り返ることもある。不確実性の高い未来について、想像することもある。もちろん、旅をしていても仕事は容赦なくやって来るので、それを捌《さば》きつつ。さ、どこまで行けるかちょっとわからないけれど、旅を続けよう。天気と相談をしながら、進路を決めたい。

遠くの空は晴れている。

ついに、父ちゃん三四郎隊、フランス国境を越えてスペインへ

1月某日、サンジャンドリュズにマカロンの元祖が存在するという噂を、出発前に聞きつけた父ちゃん、さんちゃんを連れて、サンジャンドリュズのマカロン屋を探したのだった。これこそ、旅の醍醐味である。予定がいい加減なので、何時までにどこへ行けみたいなものがない。集合も解散もなし。あはは。

サンジャンドリュズを彷徨《さまよ》うこと数十分、ついに、元祖マカロンを見つけた。おお、シンプルだぁ。ここからピエール・エルメはあのイスパハンのマカロンを創作しただなんて、素晴らしすぎないか。とりあえず、齧ってみた。

え？　これ、食べたことがある。こ、この元祖マカロン、日本の丸ボーロ？　いや、ぶっせ？「ぶっせ」もフランスが発祥？　そうか、なるほど。

でも、ともかく元祖マカロンは日本人にはなじみの味なのであった。

昼過ぎまでサンジャンドリュズを満喫した父ちゃんと三四郎（サンシーは浜辺に降りていけないこんな海の街は犬的には意味がないわん、と不機嫌極まりない状態）、相談をし合って、やはり、初志貫徹、スペインまで足を延ばそう、ということになったのだった。えへへ。

実は、グーグルマップを見たところ、もう、スペインは目と鼻の先なのである。じゃあ、行ったるべ。おおお、ついに。しかし、バレンシアは遠すぎるので、フランスから一番近い街、サンセバスチャンを目指すことにした。

とりあえず、まずは…。とりあえず、今のところ…、サンセバスチャンはホタテのカタチをした湾を持つリゾート地で、山と海に面しており、新鮮な海の幸、山の幸に恵まれ、ミシュランの星付きレストランのみならず、日本の居酒屋的な小皿料理のスタンドバー、タパスも数多く存在する、酒飲み父ちゃんにはたまらない避暑地なのである。

三四郎とタパス巡りをし、飲み歩くのもいいかもしれない、ということで、一気にスペイン熱が膨らんだ父ちゃん三四郎隊であった。↑自分だけで、さんちゃんは関係ないんじゃないですか、というご意見、ごもっともです。ということでホテルをチェックアウトして、ぼくらは一路、スペインを目指すことになったのだけれど。

「パパしゃん、スペイン語大丈夫わん？」と心配するサンシー坊であった。

「大丈夫だよ。スペイン語もフランス語も同じラテン語から派生してんじゃん。屁《へ》の河童《かっぱ》だぜ」

だいたい、賢明な読者の皆さんはこの時点で、先読みをされたことであろう。ああ、スペイン語がわからなくて、この後、大変が待ち受けているんだろうな、と。ふふふ、ご名答。うわあああ、不意に、高速の看板が、スペイン語になったぁぁ〜。

わ、わからんちん!!! いきなり、絶体絶命状態になった父ちゃん、ハンドルを握りしめる手に汗が。その様子を見て、不安になった三四郎であった。

「サンシー、どこからがスペインだったの？」

「パパしゃん、ぼくまだ生まれて15か月だから、わかるわけないわん」

「なんだ、あの文字！ 読めないじゃないか。そもそも、父ちゃん、ラテン語なんか知らないんだもん」

同じ高速道路なのだけど、ある瞬間から、たぶん、国境を越えたあたりで、標識がすべて、スペイン語に変わったのだった。すごいぜ、ヨーロッパ。シェンゲン協定！ 読めるのは「San Sebastián」くらいで、あとはわからんちんなのである。しかも、一瞬、携帯の４Ｇが使えなくなってしまったじゃないか。衛星回線を使っているＷａｚｅ（ＧＰＳ）が黙ってしまった。いきなり、宇宙に放り出されたような不安に襲われた父ちゃん一行であった。暫く、標識だけを頼りに走っていたが、途中で、ＧＰＳが復活…。

「次を右に降りてください」

おお、接続された。たぶん、国境を越えた瞬間、スペインの携帯会社の電波に変更になったのである。その数分間だけ、GPSが黙ったのであろう。やれやれ。冷や汗ものであった。

ともかく、父ちゃん三四郎隊はまもなく、サンセバスチャン市内へと入ったのであった。あ、ちなみに、フランスを出る前に今回は先にホテルを予約しておいた。

というのも、国が違うので、犬事情がさっぱりわからず、犬を受け付けるホテルが見つからない場合は、野宿ということも考えられたからである、…。これは賢明な判断であった。というのも、ホテルに到着してわかったことだが、スペインのレストラン、犬が入れない店が多いらしい。実際、ホテルの人に、館内で、唯一レストランとバーにだけ、犬は入れません、と注意をされてしまった。

サンシー、すまん。ここはフランスとは違うみたいだ！　サンジャンドリュズの海は犬が禁止だった。果たして、サンセバスチャンのラ・コンチャ湾の浜辺はどうなのであろう…。不安を抱えながら、早速、海を目指した父ちゃん&三四郎の前に待ち受けていたのは、

「おおおおお!!!」

な、なんと、犬パラダイス・ビーチであった。すごい、ものすごい数のわんちゃんが、走り回っている!!!　ということで、三四郎のリードを外して自由にさせてあげることに。さんちゃんは数日ぶりに、自由の身となり、浜辺を他のお犬様たちと走り回

ったのであった。ああ、なんて、幸福な眺めであろう。しかも、犬に国籍的な偏見も言語的な隔たりもない。様々な犬種が三四郎の周辺に集まってきて、三四郎は一瞬で、サンセバスチャンの人気者になったのであった。

めでたし!!! ひゃっほー、スペイン到着!!! やったね、サンシー! わんだふる。

一人と一匹旅に最高、スペイン・バルでタパスを食べる

1月某日、スペインなら、バル巡りである。そして、人が並んでいるカウンターに割り込み、好きなピンチョスを指さす。中の人がお皿にそれを取ってくれて、目の前に出してくださる。飲み物はチャコリとか、ビールとか、ワイン。いわゆる、スペインの家庭小皿料理「タパス」だ。

残念ながら、レストランは「犬連れ」NG。でも、バルならば、どこでも三四郎と入ることが出来る。

「犬と一緒なんだけど、いいですか?」

「奥はレストランだからダメだけど、カウンターならいいよ」

ただ、床にいろんなものが落ちているので、綺麗な場所を選ばないとならない。

ぼくは三四郎がすっぽり入るバッグの中に押し込んで、バル巡りをやった。三四郎的には、チョッカイ出しやすい高さだけど、変なものを食べられても困るので、こっちの方が安心である。あと、バルは一人でふらっと顔を出し、サッと食べて出て行く

人ばかりだから、気を使わなくていい。

一人で食べているマダムやおじさんが多い。日本の定食屋みたいなイメージであろうか。ただ、立ち食いなのだ。もちろん、席がある店もあるけれど、基本は立ち食いかな。一人と一匹旅のこちらには都合がよい。

ボーッと立っていると、ぼくの番になる。すると中の人が、なんか、言う。たぶん、

「何にするの?」

それまでに最初の注文を素早く決めておくこと。

「セルヴェッサ(ビール)、これと、これ」

指さして終わり。最初は、二品か、多くて三品で十分だ。

地元民で溢れている店を狙う。スペイン語しか聞こえない店が狙いどころである。英語とか、仏語ばっかり聞こえてくるところは、避ける。食べたら、ラクエンタ・ポルファボール(お勘定ください)と言ってお会計をし、出る。先にお会計をやる人もいるけれど、美味しい時は追加しないとならないから、ぼくは毎回、最後にやる。

生ハムのコロッケとか、スペイン・オムレツとか、イベリコ・生ハムとか、マッシュルームのサンドとか、アンチョビとチーズとハムのサンドとか、めっちゃたくさんタパスがあるので、ちょっとずつ食べて、どんどん、バル巡りをするのがいいだろう。歌手なので、風邪は引けない身、入口付近の、人と出来るだけ接触しない場所で飲み食いをした。

バルの雰囲気を楽しむのがスペイン旅の醍醐味であることは間違いない。三四郎は、

貰えないとわかると、すぐに諦める子なので有難い。

さて、明日は何を食べるかな、決めてから、店を出よう。

スペイン・ギターを買って、ストリートライブをやった父ちゃん！

1月某日、つまり、スペインに行くからには、フラメンコ・ギターか、有名なスパニッシュ手作りギターを買おうと決めていた父ちゃんなのであった。サンセバスチャンには、なんと、五十年も続く老舗楽器屋があるのだった。

「ボン・ディアス。日本人ギタリストですが、高名なスペインギターを買いに来ました」

「おお、ハポンから来たのか！　遠路はるばるようこそ」と笑顔の優しい店主らに出迎えられ、ぼくは英語、スペイン語、仏語を駆使して、自分が手に入れたいタイプのギターの説明をしたのであった。ところが説明をしても、言語の壁が立ちはだかってなかなか意思の疎通が難しい。そこで弾いた方が早いと思って、彼らの前で弾き始めた父ちゃん。すると、店員さんが、ああ、と笑顔に。奥から次々ギターを持ってきてくれた。そこで午前中いっぱい時間を費やし、みっちり、ギターの弾き比べをやったのである。そして、最終的に、悩んだ挙げ句《あく》、その店で一番高額なパコ・カスティージョのクラシック・ギターをゲットすることになった。これは一本の木で作られた非常に珍しいギターである。フランスではこの値段では買えない。ところが本国スペインならばコストがかからないので、うんと安く買える。オランピア劇場で「ボレロ」を弾きたいという夢もあり、清水の舞台から飛び降りる覚悟でゲットしたのだった。

で、その足で、ラ・コンチャ湾の回廊に行き（三四郎はぼくに寄り添い海を眺めている）、…ストリートライブの始まり始まり。あはは。せっかくギターがあるんだもの、本場、フラメンコギターのメッカであるスペインで弾かない手はないよね。

そう言えば、ぼくは二十年前、パリでもこうやって路上で歌っていたのだった。歳を重ねても変わらない、相変わらずな変な奴である。成長がないということで。

それにしても、三四郎はずっとこんな父ちゃんに文句も言わず付き合ってくれる。可愛い子犬である。父ちゃんのつま弾くギターの音を生まれた直後から聞き続けている。たまに、音の鳴るボールを「バフバフ」言わせて参加してきたりもする。犬とは思えない愛おしさではないか。

ええと、昼間っから泥酔しているちょっと危険っぽい連中が近づいてきたので、途中で演奏を中断した父ちゃん。ギターも高額だし、iPhoneも盗まれると困るので、そそくさと、ギターを片付け、三四郎と浜辺に避難したのであった。回廊から飛び出すと、市民の憩いの浜辺が続く。犬連れのサンセバスチャンの人たちが助けてくれるので、安全なのであった。犬仲間に、ここでも、助けられた父ちゃんであった。

それにしても、旅はちょっとスリリングなくらいがいいね、思いがけない出会いもあって、刺激的なのが、最高。

最後は絵画のようなラ・ロッシェルから、バイバイ！

1月某日、かなり疲れたスペインまでの旅であったがぼくはまもなくパリに到着する。

到着し次第、Ｚｏｏｍ会議やら、ミーティングやら目白押しなのである。この日記は、高速道路のサービスエリアからお届けしておるのじゃ。

振り返ると、思い立って旅に出た日が遠い過去のように感じるけれど…。一週間程度なんだね、まだ。それでも、今年最初の旅はぼくに人間としての大きな意味を与えてくれた。

やはり、一番は何も知らずに、思わず立ち寄った小さな町、サンジャンドリュズが作曲家モーリス・ラヴェルが一時期過ごした場所で、彼がそこで名曲「ボレロ」を作曲したということ。

ボレロはぼくがスペインのバレンシアで出会った大好きな曲で、だから、ＹｏｕＴｕｂｅにもインスタにもアップしてある。パリを離れる前まで必死で練習していたのだ。そう、オランピア劇場で演奏をしたくて、…。

こんなに広いフランスでふと（なにげなく）立ち寄った町、サンジャンドリュズで「ボレロ」が生まれただなんて、そしてこともあろうに、ぼくは翌日、国境を越えてサンセバスチャンに入り、ギターを買って、ラ・コンチャ湾で「ボレロ」を演奏し、自撮りをインスタに上げたのだ。

その日記を読んだ音楽プロデューサーの方から、教えられたのである。「辻さん、そこでボレロは生まれたのですよ」と。なんたる偶然。

嘘みたいな話だけれど、こういう運命って、いうのか、偶然というのか、ぼくは有り難くいつも受け入れて、信じちゃうのである。

三四郎との「一人と一匹旅」はまもなく終わる。

月　の　啓　示

202301-202307

三四郎食大公開！（祝）サンシー、辻家の一員になって一周年だよ～

1月某日、ちょうど一年前の今日、三四郎はパリの我が家にやって来た。あれから、一年の歳月が流れたことになる。

あの時から、子犬との生活という今まで経験したことがない試練（いや、試練じゃないな、やや厳しい幸福）が続くことになった。体形的には、大きな変化はないのだけど、ちょっと太って、毛が伸びたかな、…彼は生後15か月になっている。子犬から小犬になりつつある。その分、いろいろなことを学んで、さんちゃんなりに、大人（小犬）になった。最初は自動車が怖かったが、今はもうへっちゃらである。特にゴミ収集車を異常に恐れていたが、今は、ふん、という顔をして横をすたすた歩いている。最初は家中で、おしっこ（ピッピ）やうんち（ポッポ）をしまくっていたが、今はもう、家では一切しなくなり、外でするようになった（おならはします。くちゃーい）。今や、柵はなくなった。彼は自由の身である。

そして、いろいろなことを覚えた。日本語も、フランス語も、（多少）理解している。人間と生きるルールや、公園で集う犬仲間たちとの関係性構築など、彼なりにかなり学んだようだ。ぼくのケーキ（パリブレスト）を食べてこっぴどく叱られてから、彼はぼくの仕事部屋には入らなくなった。もちろん、寝室にも入ることが出来ない。禁止されていることがあることを彼はそうやって学んで知るようになった。

もともと、吠えない子だったが、夜のごはんの時だけ吠える。というのも、最近は、ドッグフードに特別な手料理を加えているからである。或《あ》る時、ドッグフードに飽きたのか、だんだん、食べなくなってしまった。そして、人間が食べているものをねだるようになった。絶対与えないと決めていたのだけど、落ちたものを食べたりして、少しずつ人間の味を知っていったのだ。特に、アドリアンとかピエールがチーズなんかを与えるものだから、ドッグフードより、もっと美味しいものが世界に溢れていることを知ってしまったのだった。そこで「ドッグフードを美味しくさせればいいんだ」と気が付いた愛情料理研究家の父ちゃん…、鳥肉と野菜を煮込んで、それを毎日少しずつドッグフードに混ぜて与えてやるようになるのだった。

甘やかしすぎ、というご意見はごもっともだけれど、彼の犬生に喜びを与えてあげたいという親心でもあった。しかし、これがけっこう、骨の折れる仕事で、毎回作っていると、くたくたになる。そこで、まとめて作り、小分けして冷凍にすることを思いついた。ところが、凍った鳥野菜煮込みを部分的に解凍するのがこれまた厄介で、最初の頃は、木槌《きづち》で叩いて崩していたら、くたくたになった。そこで、思いついたのが、御菓子用のマドレーヌ型とかカヌレ型に入れて、一度冷凍させる方法である。そうすると一回で6個の冷凍鳥野菜煮込みが出来る、という仕組み。固めて、取り出し、ジップロックに入れて、保存する。夕食の時間になると、一つを解凍し、ドッグフードに混ぜて与えるのである。わんだふる。

これが、美味しい、というのがわかってから、彼は電子レンジの音がすると飛んで来て、わん、わん、と吠えるようになった。吠えない小犬が、唯一、吠えるのが夕飯

の直前なのである。わん♪

「もう、待てない。パパしゃん、早く食べたいよー」という意味である。

そんなにうれしいのか、そうかそうか、よかったな。見ている方も幸せになる。食べなくなったドッグフードがあっという間に完食なのだから、も～、うれしいじゃないのー。

息子が小学生の時、ぼくが作った朝弁（お弁当）を全部食べてから、彼は登校した。栄養のバランスをしっかり考えて作った朝ごはんだった。あの時も、うれしかった。

息子は筋骨隆々の大学一年生になり、三四郎は我が家に来て一年が過ぎた。

この子は小犬&子犬だけど、もはやとっても大事な家族なのであった。でも、学校にも通わない、よって宿題も試験もない、卒業もない、結婚もない、この子は、ずっとこの小犬のまま、ぼくの傍にい続けることになる。

せめて、愛情をたくさん傾けてあげたいじゃないか。

そう思った、父ちゃんなのであった。

子犬と暮らすということ。かわいいと思う毎日がぼくにくれるもの

1月某日、犬はずるい。いや、とにかくずるいなぁ、と思う今日この頃である。

いっつもぼくにくっついてくるので、邪魔なんだけど、叱ることが出来ない。可愛いからである。料理をしていても、足元にいるし、もちろん、おこぼれを与《あず》かり

たくて、そこにいるのだろうけれど、父ちゃんが窓を閉めているると、いつのまにか足元にいるので、思わず、踏んづけてしまいびっくりとか、トイレから出ると、ドアのところで待っているので、「おおおお、かわいいのォ」となってしまうとか、ともかく、メロメロ父ちゃんなのであった。

今日はソファで、ごろごろしていたら、飛び乗ってきて、べたッと横に張りつき、動かなくなって、しかも、鼻先をぼくの身体の下にぐいぐい押し込んでくるし、携帯で音楽を聞いていると、お腹の上に飛び乗ってでんぐり返しはするし、いやはや、可愛いのである。なんでこんな生き物が創造されてしまったのであろう。

三四郎は犬なんだけど、そのいちいちの所作がめっちゃ感情豊かで驚かされるのである。

父ちゃんが彼を叱ると、首をかしげるのである。理解しようとしているけど、わからないから、どういう意味なのよ、と小首をかしげて、考え込む姿が、ともかく可愛いのである。時々、前脚のどっちかの足だけを上げて、静止することもある。何か、ちょっと戸惑った時にそういうポーズ? をとるのだけど、一本の足だけ宙に浮かせて、顔は父ちゃんを見て、なんか知らないけどアピールしてくるので、やば可愛いのである。とにかく、必死で生きようとするその姿がめっちゃ可愛いのだ。

夜、風呂場の彼のベッドに連れて行こうとすると、ソファで寝たふりをして、「寝るよ」と言っても「きこえませーん」という感じで動かないし、朝は、「散歩行くぞ」と言っても、風呂場の自分のベッドから顎を突き出し「それは誰に対して?・」みたいな顔をするので、めっちゃ、可愛いのである。

最近は、冷凍しておいた鳥のささみを解凍するのがわかるみたいで、夕ごはんの時間が近づくと、冷蔵庫の下で、ふんふん、悶《もだ》えているのである。「ごはんにしようか」と言うと、もう、気持ちをおさえきれなくなって、電子レンジの前でぐるぐる回って「はやくしてよーまちきれないよー」と全身で訴えてくるので、めっちゃめっちゃ、可愛いのである。というわけで、電子レンジが好きになりすぎて、昼間とかも、電子レンジの前に自分の犬用絨毯《じゅうたん》を引きずってきて、その上で待っているのだから、たまらなく、可愛いのである。

こんな生き物、なんで、存在できちゃうのだろう、と思ってしまった。人間がいなければ絶対に生きることが不可能な生き物じゃないか、と思うのだけど、本人たちはどう思っているのかしら…。

とにかく、目がくりくりしているし、耳がふさふさしているし、胴長短足で、やんなっちゃうくらい可愛いのだ。

「三四郎！」

でも、ぼくが叱ると、しゅんとなって、逃げ回るから、これまた、可愛いのである。

幸せなんだろうな、と思うと、ぼくも幸せになる。

でも、君、可愛いだけでいいのかい？　反省しなさい!!!

2

潮時とは好機への入り口だ。今こそ、前に向かう力で乗り切れ。いやっほ〜

月某日、もうダメかもな、と思う事態に、生きていると何度か遭遇する。そこまでいかないまでも、何をやってもぜんぜん風が吹かない時というのもある。決まりかけていたものが全部吹っ飛んだり、ゴールが見えていたのに不意に目前でそれが泡と消えてしまうなんてことは、起きる。ぼくはどうしてか、そういう事態に襲われやすい。そういう時にぼくらに必要なのは「前に向かう力」ではないか。物事に挑戦する人生や生き方をしていると、その分、当然、「もうダメだ」も頻発しやすくなる。当然であろう。逆を言うならば、挑戦しなければ、「もうダメだ」はやって来ない。何か行動を起こすから、不可抗力によって未来が潰されそうになる。

何もしない生き方をしているのであれば、「もうダメだ」のようなことは起こらない。すなわち、「もうダメだ」となるのは、常に前進しようと前向きだからこそ起こる副作用、反動ということである。「もうダメだ」となったなら、それだけ頑張っている証拠でもあるわけだ、と自分に言い聞かせてみるのがいい。

そして、短絡的にならず、長期的な思考で人生を考えるようにする。これを切り抜けるには、さらなる行動やチャレンジしか打開策はないのだ、と泰然と構え直す。

すべての行動が成功を導けるほど世の中は甘くない。どんな成功にも必ず試行錯誤はある。今はそこにいるんだ、と冷静に分析するのが良い。

ぼくはたとえ不可抗力で実現が遠ざかっても、もうダメだの向こうに、まだ大丈夫があると、思い込むように、信じるようにしている。

そう、信じることが大事である。だから、あかん、もうダメだ、と思った時はある意味、次の入り口を発見するチャンスなのだ。

自分の人生を振り返ると、面白いことに気付かされる。もうダメだ、という状態になった時に、次の道が必ずひらけているのである。ある作品や仕事や人生に煮詰まったり、限界が出来てきた時に、そこから自分を回避させようとする、楽しいこと、やる気が出ること、面白いことへと新たな気持ちで舵《かじ》を切り直した時に、別の何かをいつも手に入れている。

ぼくが主宰しているウェブサイト、デザインストーリーズも私塾「人間塾」を解散した時に思い付いた。実はぼくには発表していない長編がいくつもある。その作品が発表する価値がないと思った時に、その後の大事な作品が生まれている。

ダメだと思った作品や人間関係や人生をなんとか維持しなきゃと思うのもいいけど、ダメなものはダメなので、冷静になり一旦脇に置いといて、頭を切り替え、それならば一から新しいスタートを切ればいいじゃん、というくらいの斬新な気持ちの入れ替えが大事だ。

生きているとケチがつくこともある。ケチを払いどけるのも新しい挑戦でしか活路は見いだせない。

常に自分の未来を広げておくのは大事で、それを可能性と呼ぶのであろう。「もうダメだ」は間違いなく、次の自分を生み出す起爆剤になる。何がダメだったのかを学

習する機会でもある。教訓というやつだ。そう考えると「もうダメだ」はぜんぜん「もうダメ」じゃない。確かに、「もうダメだ」の状態の時に、即座に立ち直ることは難しい。

とりあえず今は、ケチがついたものは蘇生《そせい》するまで保管し、新たな気持ちで次をどんどん開発していく、ということでいいと思う。

他を動かしている時に、ダメだったものが連動して蘇生することもありうる。不可抗力というものも、時と場合によるので、時の流れの中で変わる場合もある。どちらにしても時を待つのだ。黙って待つのじゃなく、新たな行動を起こしながら、楽しんで待て。

人生は限られているので、常に攻める生き方を忘れてはならない。

自分がチャンスを持てば、過去の「もうダメだ」も生き返る。一緒に腐っていく必要はない。前に向かう力というものは恋愛でも、勉強でも、人生においても大事になる。そもそも、人間という生き物は、生まれた時から「前を向くように」出来ている。

立ち上がって自分が見ている方向が一生「前」なのだから。転んだら、起き上がって前に歩き出す。赤ちゃんの頃から学習してきたことである。実は死ぬまでこれを人間は繰り返すのだ。ならば、思いっきり前に向かってやろう。それが精一杯、生きるということである。

4 日々は、自分でいくらでも素敵に出来るものなのだ。日々の正しい過ごし方

月某日、三四郎はどんどんずうずうしくなっている。赤ん坊の頃は、可愛げがあったのだけど、今はふてぶてしいというか、いい子だけれど、個性が滲《にじ》み出してきた。

ぼくは、普段、田舎にいる時は絵を描くか（絵は大学生になる前からの唯一の趣味）、料理をするか、歌っているか、三四郎の散歩をしているか、という生活を送っている。絵が増えたので、置く場所がなくなってきた。下の倉庫はもう、ギャラリーみたいになっていて、友だちが買いたいとか言い出して、困っている。

「売らないんだよ。これは仕事じゃないんだ。精神安定剤」

目下の悩みは、描いた油絵を攻撃対象にしている三四郎の存在。油絵っていうのは、乾くまでに恐ろしいほど時間がかかる。なので、家の一角に絵を乾かす場所が必要になり、そこに三四郎が入れないよう、柵を張り巡らせている。絵に突入されると、絵が台無しになるだけじゃなく、油絵具が三四郎の毛に付着し、とれなくなってしまうからだ。

で、三四郎なんだけど、ぼくが絵を描いていると、後ろから忍び寄って来て、「く――ん」と要求する。抱っこしろ、ということだ。

く――ん、は抱っこ。

く――――ん、はおしっこ。

く————————ん、はお腹すいたか、おやつ。

く————————ん、は遊ぼうよ、ということになる。

だんだん、何を言いたいのかわかってきた。ただ、けっして吠えない。く——ん、が続くと、しょうがないから、抱っこしてあげて、膝の上に抱えて、絵を描いている。ぼく、筆は使わない派なのだ。クトー（パレット・ナイフ）だけで絵を描く人である。そのクトーが三四郎、気になってしょうがない。じっと睨んでいる。

「ダメだよ、これは、遊び道具じゃないんだ」

ぼくはスツールに座って絵を描くので、三四郎はのぼって来ることが出来ないから、く——ん、と泣くのである。仕方ないので、抱きかかえてやる。ぼくの左手の肘のところに自分の頭をあずけて、彼はノルマンディの曇り空を見る。いい時間である。

ぼくは右手でクトーを使って、かりかり、と絵を描いている。

静かな時間が流れていく。犬のぬくもり、油絵具の匂い、窓の隙間から漏れる風の音も。今、嵐の時期なので、英仏海峡、めっちゃ波が高いのだ。白波、好きだ。

三四郎は、風が怖いので、夜は、ぼくの寝室のドアの前で、

「く————————ん」と訴えている。

これは、怖いよ、ということなのだけど、自然にも慣れないと生きてはいけないから、放置だ。かわいそうじゃない。慣れないと…。そうすると、いつしか、寝ている。

こういう生活は、本当に、素晴らしいと思う。お金はかからないし、贅沢もないし、時間が無駄にならないし、考えることに没頭できる。

昨日、マルシェで買ったマグロをにんにくでロゼ色に焼いて、ペペロンチーノの上にのっけたが、これがやばかった。美味すぎた。

いよいよ、来月、オランピア劇場での単独ライブとなったので、真夜中、大声で歌っている。筋トレとかもやっている。お酒をやめたから、体重が減り、引き締まってきた。63歳だけれど、お腹出てない。あはは。頭は確かに壊れ始めているけれど、肉体は悪くない。裸を自慢したいけど、相手がいない…。いひひ。

一番好きなのは、お風呂に入ることで、一日、三回、入っている。風呂の中で本を読んで、ぼくが風呂の中にいる間は、三四郎はマットの上で寝て主人があがるのを待っている。悪くないのだ。こういう生活…。日々は、自分でいくらでも素敵に出来るものなのだ。それが実は日々の正しい在り方。

今日はオランデーズソースを作って、アスパラを茹でて食べるのだけれど、そのことを考えているだけで、頬が緩んでしまう。日曜日に、オランデーズソースって、そこがすごくよくない？　皆さん、よい一日を。

4月某日、ぼくは人生の岐路に立たされている。

一番の近道は無理をしない遠回りである、とあの月が教えてくれた

そこで、ずっと悩んでいることがある。父ちゃんが父ちゃんであるうえで、重要なことだ。そういう瞬間というか、タイミングというの、ありませんか？　ぼく

は大きな転換点に立たされているのである。音楽のこととかじゃなく、人生全体の話なのである。そういう場所に今、いる。

落ち着かないから、絵を描いているのだけれど、昨夜はなかなか眠れなかった。カンバスに向かっていた深夜、ふと見ると、家の中がものすごく明るくなっていた。呼ばれているな、と思い、教会側の小窓まで行くと、そこに輝く月があった。満月ではないが、おおよそ、まんまるな月である。そして、ものすごく強いお月様であった。

その時、月の啓示がおりてきたのだ。

「一番の近道は、無理をしない遠回りである」というものであった。

「あゝ！」

ぼくは思わず、のけぞってしまった。その通りじゃないか。ぼくは焦っていた。年齢のこともあり、とても生きている間に、自分の目標を到達できそうにない、と諦めかけていたのだった。実際、もうダメかもしれない、ということもいくつかあった。だから、なんとか頑張って、熱血で乗り切ろうとしていた。

すると、お月様はその逆のことをぼくにサジェスチョンしてきたのである。

「一番の近道は、無理をしない遠回りである」

明け方まで、ぼくはその月を見つめながら、この意味について考え続けた。つまり、目標を達成したいのであれば、急いで中途半端に物事をやらず、しかし、愉しみながら、余裕を持って、何なら無理をせず、遠回りをしていけば、最終的には、目標に必ず到達することが出来るのだ、という教えであった。

つまり、それが、一番の近道なのだよ、という啓示なのである。信じられないくらいに明るい部屋の中で、月光をまといながら、いいことを教えて頂いた、とぼくは素直に感謝していた。

つまり、危険で狭くて入り組んでいる道を全速力で飛ばすのではなく、ちょっとくらい遠回りをしてでも、人生を噛みしめながら、楽しんで、しっかりと進め、ということなのだった。

ぼくは仕事場の仮眠用ベッドに横になり(作家は頭がブロックするたびに、仮眠用ベッドで短く寝る人が多い。ベッドに行くと、本格的に寝てしまうから)、少しだけ眠った。心地よい眠りであった。

ぼくの迷いは、簡単に言ってしまうと、今後の自分の生き方についてであった。しかし、焦っても、何も生まれないし、進まないのだった。時間がない、という焦りが、ぼくをいっそう空回りさせているのだった。

月の啓示はそういうくだらない迷いを吹っ飛ばすものであった。

ぼくは真夜中に再びカンバスに向かった。絵筆を動かしていると、実に、落ち着く……。

「一番の近道は、無理をしない遠回りか…。確かに、その通りである」

朝、犬カフェに行くと、男たちが9時からビールを飲んでいた。やれやれ、人が禁酒中だというのに、フランスは朝からこれだ、やになっちゃう。ぼくはカフェオレを頼んだ。ビールを飲んで語り合う大男たちを眺めながら、ぼくは昨夜の月の輝きを思い出していた。人生の岐路にある。その通りだ。

ぼくはここからじっくりと弓を引くことにする。わんだふる。

4 父ちゃんの終活ノート

月某日、終活ノートというの、ご存じであろうか？　エンディングノートとも言われており、遺書とは違い、法的拘束力はなく、残った人たちに、ああだこうだ、とやっておいてもらいたいことを細かく書き残すものらしい。

ぼくの場合、誰に書いているかというと「息子」なのかなァ。

でも、正確には、生きている今、記しておこうと思う、生前メモみたいなことのために書いているのだ。というのは、十年以上前に頭の手術もしたし、最近、ハードな練習をすると、ちょっと心臓がキーンとなるし、不整脈、不眠だし…。パリにいる時はいいけど、ノルマンディは一人だし、三十年以上寄り添ってくれた秘書の菅間《すがま》さんもパリの友人、サイクサ・サトシも、不意に倒れて亡くなり、周囲にそういう人がいるので、死んだら終わりじゃ思想の父ちゃんだけれど、人生の後半を整理する上でも、息子がいざという時に混乱しないように、いろいろと楽しく書いている。もう、かなり笑えるので、時々、読み返して、楽しんでいる。

1章は、葬儀についてで、戒名とかは必要ない。死んでも辻仁成は辻仁成しかない。ひそかに、密葬をし、ぼくの死はさりげなく、すべてが終わったのちに、知人関係者に伝えていくこと。ぼくは生まれてからずっと信仰がないので、葬儀をやる必要もない。火葬後についてはここには記せないけれど、息子に託す、ことを書いている。ともかく、お墓は必要ないし、死んだら人間は無に戻るので、それぞれの心の中で思ってくれればいい。時間的な問題の順番で、いずれ、みんな消えてしまうものに、地球の貴重な土地を使う必要はない、とか、書かれてあって、これは時々、細かく修正も加えてるのだけど、要は、墓はいらない、と言い残している。

2章は、三四郎のこと。

3章は、残された大量の作品や創作資料のこと。ぼくが死んだら、創作資料はすぐに焼却するように書いてある。創作の過程だけは残してはならない、と…。

4章は、もしもの場合は、誰に相談をするのか、など、詳しく書いてある。鍵の場所とか、判子の場所とか、各書類の所在地について…。

5章は、世話になった人たち、特に親しい人間たちに、生きることとの大切さを説いている。ここが一番長くて、友だちは少ないけれど、ぼくが苦しい時に支えてくれた人たちへの感謝の言葉がほとんどで、読み応えがある。

6章は、この終活ノートにはぼくの意志がこめられているので、法的拘束力はないが、出来る限り喧嘩はせず従ってほしい。欲にとらわれる人間をぼくは尊敬しない、と書いてある。親戚、家族は結束をして、乗り切ってほしい。ただし、ぼくは未練のない人間だから、死んでまで皆さんの前に出現することは一切ないことを約束している。どういう死に方であろうと、死んだあとまで現世でうろちょろする気はないから、

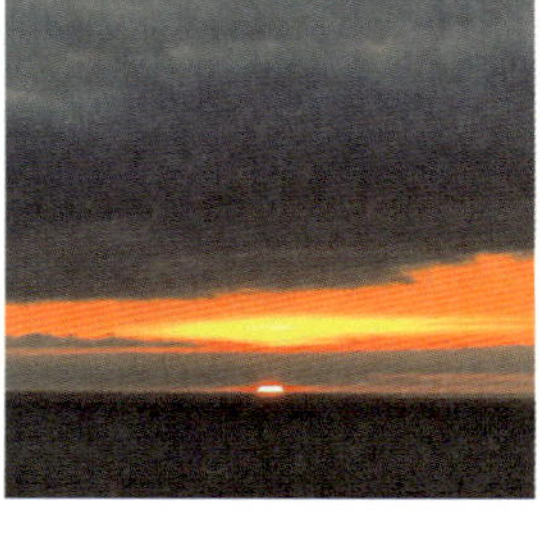

幽霊とかには死んでもならないので、なので、草葉の陰なんかから、見守ることもないし、さっさと消えていくので、自力でみんな頑張って生きろ、と書かれてある。

だいたい、こんなところだけど、7章は、血がつながった者たち、家族への感謝の言葉だ。

この終活ノートは、夕飯のあと、することがない時に、キッチンに置いてあるので、たまにペラペラとめくって、加筆修正をしている。とは言いつつも、落書きがほとんどで、いい加減なものにしか見えないから、死後のドタバタの中で、捨てられる可能性もある。

最後に、8章があって、そこには、健康に生きるための父ちゃんの生前レシピが書かれてある。辻家秘伝の料理の心得などをメモしてあって、そこは、出版したくなるくらい、面白い。

たとえば、これは昨夜、食後にメモしたものである。

「8章
ぼくはウイキョウ（仏名、フヌイユ）が大好きなのだ。フランスではウイキョウが野菜コーナーで手に入る。

ソースや煮込みに使う人が多いのだけれど、ぼくはこれをおしんこ（和風マリネ）にする。ウイキョウはどういう味かというと、ハーブのアニスに似ているかな。なので、日本だとデパートのハーブコーナーなどにあると聞いた。その辺はよくわからないけど、これがとっても美味しいので、あまり食欲のない時は、ウイキョウサラダを、ヘルシーだし健康的なので作って食べなさい。

まず、ウイキョウは玉ねぎの千切りのようにカットし、塩を2%くらいかけ、塩昆布を一つまみと、ちょこっとオリーブオイルを回しかけ、一緒にジップロックに入れ、ようは塩もみして、冷蔵庫に入れておく。おしんことほぼ同じ作り方(辻家のおしんこは、3%ではなく2%にすること)である。ぼくは塩昆布を必ず使うので、塩は2%くらいにしておく。二、三時間すると食べごろになる」

「一応、ウイキョウとミントの健康サラダの作り方を載せておく。この通りにやる必要はないが、参考にしなさい。ボウルに、ウイキョウのおしんこ、豆腐の小さな角切り、小口切りされた葱、適当にカットしたサーモンの燻製《くんせい》(サーモンがない場合はハムでもいいし、鳥のささ身を塩とお酒で漬けたものを焼いてむしったものとか、工夫すればよい)、大事なのはミントなどを多めに入れて、あ、ピクルス一つを小さくカットし茹でて冷やした蕎麦とあえる。めんつゆを少々、ごま油を少々、(お好みでマヨネーズを少々、ダイエットの人は避ける)、一緒にあえ、葉っぱを敷き詰めたお皿の上にそれらをどさっと盛り付ける。ウイキョウに味があるので、薄目の味付けにしておくこと。ズッキーニ田楽を今日は添えた。輪切りのズッキーニをフライパンで焼いて、ある程度焼けたら、田楽味噌(味噌、砂糖、みりんなどを混ぜて作っておく)を載せオーブンで焼く。出来たらトッピングとして、サラダに添える。ウイキョウとミントと蕎麦の相性はとってもいい。一口、頬張ってみるとよくわかるが、健康の味が、するのである。父ちゃんの若さを作るダイエット健康食サラダなのである。お腹いっぱい食べてもカロリーは低いのだ。こういうものをたまに食べて、人生を優雅に乗り切れ。以上」

父ちゃんとさんちゃんは旅に出ます。フランスから出るよ。えへへ

6月某日、この半年間、お酒も飲まず、ライブに向けて休まず身体づくりとトレーニングを繰り返してきたので、少し、休息が必要な父ちゃんとさんちゃん（三四郎に禁酒は関係ない）なのであった。

オランピア劇場ライブはほぼ満席、大盛況に終わった。この夏には日本公演ツアー（福岡、名古屋、東京、京都）が控えているので、その前に少しバカンスをとっておかないと、ずっと走り続けることになってしまうのもよくない。いくら好きな音楽であっても、それではちょっと身体がもたない。

「さんちゃん、どっか穏やかな南国にでも行こうか」

「わん」

ということで、旅に出ることに決めたわしらじゃったぁ。一応、事務所の皆さんには「小説の構想のため」ということにしておいた。いや、確かにのんびり考える時間は必要なのである。しかし、フランスから近隣国へ行く場合、三四郎を荷物室に預けるのは心苦しい。そこで、各飛行機会社のサイトをチェック。エアーフランスやその系列の飛行機会社は専用バッグに入れて、8キロ以内の小犬であれば、自分の座席の

下に置いていい、ということがわかったのだった。

先日のスペイン・サンセバスチャンへの旅は、マイカー旅だったが、今回はもう少し遠くへ行きたいので、飛んでイスタンブール〜、サンシーには、機内持ち込み犬になってもらうのだった。あはは。

バッグ込みで、8キロ以内かぁ…。ギリギリだぁ。ペットショップを回って、機内持ち込み犬バッグを探したのだけれど、これが、なかなかいいサイズのものがなかった。うちにも、前にペットショップで見つけて衝動買いした赤い犬用バッグがあったが、メジャーを使って、測りなおしたところ、ううう、わずかに、規定外であった。

ということで、今回、見つけたのがこちらの小ぶりの機内持ち込み犬バッグなのだ。これは結局、ペットショップではなく、獣医先生のクリニックに置いてあった。ついでに、さんちゃん、予防接種も済ませた。そして、パスポートに欧州内ならOKの接種済サインまでもらった。これで、どこへでも出かけることが出来る。

次の問題は、三四郎がこの機内持ち込み犬バッグの中で数時間、大人しくしてくれるかどうか、であった。この新しいバッグは正面、上面にメッシュの扉がついていて、上からも覗くことが出来るし、横からちょっと顔を出すことも出来る、すぐれものであった。これなら、さんちゃんも大丈夫かもしれない。

三四郎をバッグに入れ、まずは、体重計の上においてみた。

「おおお、7・6キロ！　ひゃあ、ギリギリセーフであった」

あと、400gかぁ。今夜は食べさせないようにしなきゃ…。ということで安心

をして、小一時間、コーヒーを淹れて、仕事に戻った父ちゃん。一仕事して、戻ってみると、さんちゃんがいない。あれ、いない、いない、

「三四郎！」

呼んだら、機内持ち込み犬バッグから顔を出した、さんちゃんであったぁ。

「ありゃあ、そこ、気に入ったのかい？」

「わん」

「そうか、ならばよかった」

それから6時間くらい経つのだけれど、今度はそこから出てこないのである。よっぽど気に入ったのだろう。でも、何が気に入ったのか、ぼくにはわからない。ミニチュアダックスフンドはアナグマの系列だと聞いたことがあった。こういう穴の中のような暗い場所が好きなのかもしれない。

でも、機内持ち込み犬バッグの中で吠えられても困るので、そこが好きなら、まずはよかった。

6月某日、で、今、ついに三四郎、初空港。おお、ここから無事離陸できるのかい！

父ちゃんと三四郎は空港にいるのである。三四郎のパスポートは三週間であれば、健康を証明する、というもので、近隣国いくつかを視野に入れていた。なので、どこでもいいのだ、どこに行けるのか、という感じで、

チケットを探し、この直前で、…とある国に飛ぶ飛行機を見つけた。格安航空会社である。欧州内の移動であれば格安で十分なのだ。乗っている時間も短いし、機内で食べることも、爆睡することもないから…（ただ、ＭＡＸという荷物や搭乗でちょっと優遇されるチケットにしておくと、席を選べたり、あまり並ばないでも済む。航空会社によって違うけれど、ちょっとだけ多めに払う感じ。このシステム、日本の格安航空会社にもあるね）。

今回は三四郎がいるので、ＭＡＸのチケットにした。実に、便利であった。

さて、タクシーを呼んでおいたのだけど、運転手さん、三四郎を見るなり、

「おいおい、犬はダメだよ。匂いがつくし、前にもトラブルがあったんだ。犬が一緒だってわかったら断っていたよ」といきなり、ガツン、と言われた。

「じゃあ、どうすりゃあいいですか?」

「今回は仕方ないね。そのバッグの中に入れて、チャックして、出さないようにして」

「オッケー。そうする」

なんかね、言い方がかなり横柄な人だったが、ま、はっきり言ってくれるので、それはとってもわかりやすかった。もっとも、乗せてもらえたし、お互い、大人な対応をした。一番、大人な対応をしたのはさんちゃんだった。暑い車内で、文句を言わず、機内持ち込み犬バッグの中で静かに息を潜めていた。あはは。

前回、車でスペインに入った時は、パスポート・コントロールなどなかったが、飛

行機の場合はそうはいかない。国をまたぐので、テロもあるしね、厳格なのであった。

空港はものすごい人だった。夏が近いから、みんな移動し始めているのだ。という
ことでＭＡＸチケットだから、エコノミーだけれど、専用レーンを使えて、混雑を
避けて手荷物預かり所にさっと辿り着くことが出来た。おー。

「パスポート見せてください」

「はい」

「わんちゃんのパスポートも」

おお、ここで三四郎のパスポートが威力を発揮。

「いいわね。オッケーよ」

「じゃあ、ベルトの上に載せて」

「いやいや、この子はキャビンに入るんです。規定内サイズのバッグですよ」

「ええ、わかってるわ。安心して、荷物扱いにはしないから。体重を測るの。８キロ
以内なら、大丈夫」

あ、そうだった。ここでチェックするのか、なるほど～。

機内持ち込み犬バッグごとベルトの上に載せた。７・５キロであった。

「はい、合格よ」

「よかった」

その後、手荷物検査場へと進んだ。ここはどうするのだろう？　三四郎はバッグと
一緒にエックス線を通過するのだろうか？

「はい、パソコン出して、全部、ここに」

「あの、犬がぁ」

「おお、君、いたのか。じゃあ、そのバッグはここに、出して、犬は自分で抱えてエックス線を通過して」

なるほどー。毎回、驚きの連続である。ぼくは犬を抱えて、人が通過するエックス線の門を潜ろうとした。

「犬は両手で抱えて、前に差し出す感じ。犬を先に行かせるのよ」

担当者のお姉さんに言われた。言われた通り、三四郎を前にして前進したら、通過できた。あはは。やったー。意外と楽にパスだったたぁ。

ということで動物欧州横断日記、いよいよ、フランスを出発なのであーる。

これは空港のラウンジで書いているので、到着したら、この続きを…。

いや、さんちゃんとの初飛行機搭乗だぁ、緊張するー。

機内の様子をちょっとご紹介したい！　エコノミーなので、トランクは荷物として預け、さんちゃんバッグは自分の足元に置いて、横に貴重品の入ったリュックも並べて、これをまたぐ感じで、短い足を置いて、短くてよかった、と一安心な父ちゃんだった。ま、かなり狭い感じだったが、さんちゃんはもっと狭いので、仕方ない。

窓側の席だったので、隣の人には迷惑をかけることはあまりなかったし、三四郎は吠えなかったので、存在消して、静かで、いい子だった。さんちゃーん。偉かったねー。

イタリアは三四郎の敵だらけ。サンシー、小道を歩きたがらない！

6

月某日、三四郎はビビり犬なのである。

イタリアという国はフランスに比べると、野良猫がやたら多いのだ。犬ももちろん多いが、飼い猫かどうか、区別のつかない猫が多いのである。その猫を恐れる三四郎…。パリで、猫とすれ違うことがあんまりないので（パリは野良猫がいない。普通は室内で飼っている）、もう、虎に会ったような勢いでビビりまくるのだ。不意に、ううう、と唸り出し、吠えたりするので、見ると、小さな小さな子猫が木陰にいて、可愛い顔でこっちを見ているだけだった。

「さんちゃん、それ、猫だよ」と言っても、ううう、と唸っている。

仕方がないので、抱えて、子猫の前を通り過ぎた。子猫は動じない。で、暫く歩いていると、また、わんわん、吠え出した。滅多に吠えない子なので、何事か、と振り返ると野良猫ちゃんだった。こっちは子猫じゃないが野良としての年季が入っているので貫禄があるのだ。その野良猫様が、三四郎を睨みつけたら、さんちゃん、ビビッて、父ちゃんの後ろに逃げ込んできた。足の間から顔を出して、野良猫を見ている。

「猫だよ、大丈夫。行くぞ」

とリードを引っ張っても、うごかなーい。

「三四郎、いい加減にしなよ。猫だよ。普通、猫の方が犬を怖がるのに、どうなってんの、君、それでも犬のハシクレか？」

「わんわんわん（だってー、パパしゃん、怖いんだもーん）」

仕方がないので、抱きかかえて、路地を横切ることになったが、何せ、イタリアは路地だらけで、そこら中に野良猫がいるのである。可愛い猫ちゃんなのに、さんちゃん、未知との遭遇レベルでビビりまくっている。やれやれ。

「サンシー、いい加減にしろよ。先に進まないじゃないか！」

「わん」

三四郎は鳩には飛びかかろうとするのだけれど、ちょっと大きなカラスとかカモメには滅多に近づかない。猫はそれよりも格段に怖いのである。犬も大型犬は怖い。大型犬が現れると、踵《きびす》を返す。みごとに、くるっと方向転換をするのだ。

「サンシー、そっちじゃない」

一目散に逃げ出す三四郎であった。つまり、怖がりで、弱虫なのである。それでも、ドッグトレーナーのところには常に数匹の犬がいて、共同生活をするものだから、怖くても犬は、まあ、同じ犬だし、わかり合える瞬間があるようだが、猫、だけはなかなか、恐ろしいようで、何が怖いのかわからないけれど、生まれたての子猫にさえも、ビビッて、尻尾を巻いて逃げ出す始末なのである。イタリア旅行、三四郎にはちょっときつそうだ。父ちゃんは楽しんでいるのだけれど、問題は、前に進めない、ということである。特に、小道に入ると、途端に、ううう〜、が始まる。抱きかかえるのだけれど、震えている！

「猫ちゃんだよ。怖がらなくてもいいいんだけどなぁ」

「わん（パパしゃん、帰ろうよ〜）」
ということで、彼は猫を見つけると、宿に戻ろうとするのであった。

6 美しい夕陽からの、終わらない熱狂の街、シチリア、シラクーサの夜

6月某日、シチリア島、シラクーサの夜は熱気があって、昼とはまるで違う顔を持っている。パリから来たぼくが感じたシラクーサの第一印象は、まさに、沖縄の那覇に似ている。イタリア本土とシチリア島は文化圏がぜんぜん異なっているようだ。

初めて、沖縄や石垣に行った時の感動に近いものを覚えた。南の島なので、当然かもしれないが、人をリラックスさせる様々な顔とエネルギーが溢れている。

朝は静かで穏やか、南国の風が吹き抜け、心地よい。昼は太陽を真上から浴びるせいで、ともかく、暑いのだ。そして、夜はどこからともなく人が出て来て、どこもかしこも大賑わい！　しかも、カフェは深夜までやっており、そこかしこで雇われミュージシャンたちが、たとえば、サンバやボサノバを演奏している。これが、めっちゃ、うまいのだ!!!

アコーディオン奏者が懐かしいイタリア映画のメロディを奏でることもあるし、ギタリストとパーカッショニストが誰もがよく知るラティーノの名曲を歌ったりしている。それを犬（さんちゃんのことね、笑）のリードを引っ張りながら父ちゃん作家が

遠くから眺めているのである。まるで挿絵のような感じで…。しかも、夕陽が何といっても情熱的で、ノルマンディの夕陽とはぜんぜん異なる。同じ太陽なのに、不思議である。

今日を終えるための夕陽ではなく、「さあ、お待ちかねはこれからだよ〜」と言いたげな陽気な夕陽なのである。びっくり！　夕陽を眺めながら、みんな海沿いのテラス席に陣取って、オレンジ色のカクテル「スピリッツ」を飲んでいる。

その人々はみんな笑顔で、誰一人、しかめっ面した人がいないのだ。おっと、ぼくだけが、三四郎とそのホットな夜の喧騒を哲学的な目で見つめている。笑。少し離れた場所から、「人間ってこんなに幸せそうな生き物だったっけ」と思いながら、見つめているのだ。もちろん、うれしい。

みんなが幸せなら、ぼくも、さんちゃんも同じくらいうれしいのだよー。人間は、幸せになるために生まれてきたんだ。幸せに生きる権利があるのだ。と、父ちゃんは思って生きている。自由で、よい。

オルティージャ島の入り口にあるカフェで3人組のミュージシャンが世界中のヒット曲を奏でていた。そのレベルの高さといったらなかった。すげー。父ちゃんが、恥ずかしくなるくらいに、歌が上手で、演奏も抜群だった。

どんどん、人が集まってきて、通りはあっという間に人だかり…、みんな踊って、歌って、わあ、めっちゃ自由じゃん。子供連れも多く、驚くべきことに赤ちゃんを抱えたお母さんもけっこういた。生まれて数か月の赤ちゃんにおっぱいを与えながら、

リズムをとっていた。横でお父さんなんかが踊っているのだ。

夜遅くに、わかることだけれど、彼らは観光客じゃなく、地元の人たちだった。つまり、観光客に負けないくらい、地元の人たちが夜を楽しんでいるのがシラクーサのオルティージャ島なのであった。

ぼくはお腹がすいたので、宿のマダムにすすめられたピザ屋に入った。そこでぼくは知っている単語を並べて、おすすめをゲットした。マグロとアーモンドのマッケローニなのだ（中に、マグロ、アーモンド、ミント、バジル、もしかしたらピスタチオが入っている。クリーム系のトマトソースなのだけれど、ともかく、食べたことのない味であった）。見たこともない食材、食べたことのない料理ばかり。

スパゲッティ・シラクーサというのは、イワシのペペロンチーノ風でパン粉がふりかけられているのだけれど、そういう、不思議な料理がけっこうあった。もちろん、全部、食べるつもりなので、ご報告したい。

とにかく、パラダイスというべき、素晴らしい世界が、シラクーサであった。

シチリアには、タオルミナ、アグリジェント、パレルモなど美しい観光地がたくさんあるようだが、ぼくの旅の仕方は一か所にどかっと腰を据えてそこを満喫する。今回は、じっくりとシラクーサとオルティージャ島に滞在し、食べつくしたい、と思うのである。

さんちゃんはこの旅が終わる頃、猫の存在にもきっと慣れて、猫友が一匹くらい出来ているのじゃないかなぁ…。あはは。

シチリアで人気沸騰中の三四郎、道行けば、黄色い声援が飛ぶ

7月某日、パリからやって来た父ちゃんが一番驚いたのは、シチリアの人たちが、マジで、笑顔だらけで、いい人たちばかりだ、ということである。おっとりしているというか、本当に、やわらかな人たちばかりで、気に入られると、めっちゃよくしてくれる。

たとえば、レストランでぼくは39ユーロの食事をした。で、50ユーロ払ったら、20ユーロおつりが戻ってきた。

「これ、間違えているよ」と言ったら、「いいんだよ。細かいおつりがないから、持って帰って」と言われた。

信じられるだろうか？　本当なのだ。

まけてくれるから、いい人、ということはないけれど、こういうのが毎日のように起こるのである。

お会計の時に、2ユーロ足りなくて、財布をあさっていたら、「いいよいいよ、いらないから。ありがとう」と言われたり、おっとりしすぎやろ、と思うくらい。

だから、いい人という言い方は変だけれど、おおらかなのだ。執着がないのである。

太陽のせいかなぁ…。

たとえば、パリだと、みんなしかめっ面をして歩いている。笑顔で歩いている人がいたら、ちょっとやばいかな、と思うが、シラクーサの人は笑顔が多いし、しかめっ

面でも、ちょっと話すと、スイカがパカッと割れたような、満面の笑顔になる。

わずか三、四日、滞在しているだけのぼくだが、もっとも、三四郎人気がすごいので、街を歩くと、一度立ち寄ったカフェとか売店のおにいちゃん、おねえちゃんが、出て来て手を振ってくれるのだ！

「ボンジョールノー!!!」

信じられるだろうか？

人気者はつらいよ、寅さんだ、おいら。

ということで大家のアンヌさんが、ぼくとサンシーの写真を撮ってくれた。

レストランを見つけた。小さな店で、覗いたら、年配の女将さんと目が合って、「いらっしゃーい」と言われてしまったのだ。

なんか、いい感じだった。

「犬もいいですか？」

「わ、大好きなのよ。この子名前は？」

「SANSHIRO」

ということで、またまた、三四郎のおかげで、優しくされた父ちゃんだった。

「旅疲れで、ちょっと胃が重いので、軽めのものが食べたいんですけど、いいですか？」

「ま、それは大変。じゃあ、前菜の盛り合わせにしましょう。美味しいの作るわね」

ということで、出てきたのが、アンティパストの大盛り合わせ！

美味しかった。

シチリア、シラクーサ、オルティージャ島、本当に最高なのである。

マフィアの人たちもいるらしいが、危険な目にあわない、本当に安全な島なのだった。

明日は、オルティージャ島を出て、シラクーサのギリシャ劇場まで足をのばそうかな、と思っている、さんちゃんと父ちゃんであった。

わんだふる。

三四郎日記

某月某日、吾輩は犬である。実は、吾輩にも苦手なものがあるのだ。

苦手というよりも、恐ろしい生き物、と言った方がいいだろう。

それは、「猫」と呼ばれる動物である。

吾輩は「犬の館」で生まれた。なので、犬のことはよく知っている。

ムッシュの家に引き取られてから、ジュリアというドッグトレーナーのところにたまに預けられるが、そこの犬たちとも、なんとか仲良くやってきた。

もちろん、いじわるな犬もいるし、特に大きくて粗野な犬は苦手かもしれない。

ボクは小さいから、でかいのに突進されると、きゃいーん、となってしまう。

大きな犬の後ろにくっついてジュリアの家では息を潜めて過ごしたけれども、その粗野な犬たちとて、恐ろしい、ということはない。

しかし、「猫」は違う。

異次元なのである。

ムッシュが海の近くの家に引っ越したので、ボクもパリを離れ、ムッシュとノルマンディの海沿いで暮らすようになった。

そこはとっても静かな場所で、排気ガスというものもなく、ちゃんと土があるし、海もあるし、空は広いので、のどかに暮らすことが出来ている。

ところが、ある日、ボクの前に、「猫」が出現した。

明らかに、犬ではない別の生き物なのだ。ボクはびっくりした。

ムッシュが、「三四郎、あれは猫だよ」と教えてくれたのだけど、田舎にごろごろ、そこら中にいるのである。ムッシュ曰く、パリでは家の中で飼われているらしい。だから、会わなかったが、田舎は、放し飼いなのだ。ノルマンディには、首輪をつけない「猫」がうろうろしている。

その日、ボクの目の前に出現した黒い猫は、明らかにぼくよりも強そうだった。かもめとか鳩ならば、勝つ自信があった。

しかし、猫は別格なのである。

何せ、猫は、前脚をゆっくりと移動させ、頭を低くし、いかにも俊敏な姿勢で、こちらを睨むというか、見ているのである。

その視線が、そもそも異次元から繰り出される波動砲なのである。

ボクなんか足は短いし、胴が長いので、俊敏さは微塵《みじん》もない。なのでよくわかる。

あれは、飛びかかる態勢なのだ。

敵か味方かまずわからないのも、恐ろしかった。

目が茶色で、中心に黒水晶が。そこがすでに怖かった。

ボクの目などは全部つぶらな黒目だが、この黒猫の目から、深い宇宙を覗くような畏怖を感じるのだ！

それだけで、ボクなんかが逆立ちをしても敵《かな》う相手ではないのが、理解できた。

その猫が、前脚をそろりそろりと出して、臨戦態勢で近づいて来るので、ボクは、思わずビビってしまい、ムッシュの後ろに飛びのいたのである。

「おい、どうした、三四郎。あれは猫ちゃんだよ。かわいいじゃないか。仲良くなってごらん」

「ブルブルブルブルブル～」

仲良くなれるわけがない。

そもそも猫語がわからないし、いわば、宇宙人のような存在なのに、ムッシュ、どうやってボクはこの猫という生き物と仲良くやれるのか？

犬であれば、近づいて、お尻の匂いを嗅いで、だいたいの犬格を感知することが出来るが、猫という生き物は臨戦態勢なので、そもそもお尻など嗅ぐことが出来なーい。

たまに、吠える犬がいるけれど、あれは怖くはない。犬の習性だから、吠える者もいることをぼくはよく心得ている。

でも、猫は吠えず、にゃあ、と唸る。ひゃあああ、にゃああああだってよ！

しかも、腰の撓り具合、前脚の出し方でその強さもわかるのである。

ジャンプして飛びかかろうとしているのだ、このソーセージ犬のボクに!!

後ろ脚の筋肉を見たか！

あんなので飛びかかられたら、短足のボクなんて、一瞬で壊滅である。

そこで、ボクは一目散に逃げようとしたのだけど、ムッシュは、リードを引っ張って、

||||||||||||||||||||||||||||||||||||||||||

「大丈夫、ぼくはね、猫も大好きなんだよ。猫アレルギーだから触ることは出来ないけど、昔から猫にも好かれて、若い頃、死にかけたことがあるんだ。呼吸できなくなるんだよ。アレルギー検査をやったら、猫アレルギーと診断されて…。でも、見てごらん、可愛いじゃないか。マーシャルのところにいる子も黒猫だったね。三四郎、間を取り持つから、仲良くしてごらん」

「ブルブルブルブル～」

とんでもない。ムッシュはボクを抱きかかえて、猫の方へと近づけようとしたので、ボクはムッシュの腕の中で暴れた。すると、猫がジャンプをした。

ひゃあああ。

見たか、あのジャンプ力、尋常じゃないぞ。

一瞬で、ベンチに飛び乗り、そこで再びシャープな攻撃的態勢をとったのである。か、敵わない。

ムッシュ、ボクは無理だ～、と叫びながら、一目散で家の方へと引き返した。リードを強く引っ張った。全力で引っ張ったから、やっとムッシュも理解してくれたのだ。ボクが怖がっているということを!!

今も、ボクは震えている。

夢に出てきそうだぁ～。

吾輩がどんなに頑張っても絶対に勝てない相手、それが猫なのであった。

もう ワン ステップ

202309-202407

三四郎とお散歩からの久しぶりのカフェ飯、あゝ、パリ生活を楽しむぼくたち

9月某日、つくづく、思ったことがある。日本とフランスの何が違うのか、というこの根本的な問題なのだが、今回、パリに戻ってやはり気が付いてしまったことがある。

もっとも大きな違いは、カフェ文化があるかないか、ではないか。もちろん、日本にも素晴らしいカフェがいくつもあった。しかし、そうじゃない。パリにおける、カフェ文化なのだ、大切なものは…。

シャルル・ド・ゴール空港からパリ市内に入ると、父ちゃんの目をくぎ付けにしたものは、街角のそこかしこに開いているカフェだった。椅子が歩道まで出ていて、みんながそこで寛いでおり、びしっと決めたギャルソンたちが丸いトレーの上にビールやワインやおつまみを載せて、きびきびと運んでいる。くだらない冗談を常連客とかまし、手早く飲み物をテーブルに置いて、再び、踊るようにテーブルをめぐるあのパリならではの姿、…。常連たちは新聞や本を開いて、友だちや家族とワインなんかを飲んで、しかも、老若男女問わず、あらゆる世代が同じカフェのテラス席に一堂に介し、パリの風物を奏でている。

長い歴史の中でぐつぐつと煮込まれてきたパリのカフェ飯の味わいなんかもたまらない。早く、あのテラス席に座って、ビールを片手に、通りを眺めたい、と思った父ちゃんなのであった。

さっそく、三四郎と散歩に出たその足で、カフェに飛び込んだ父ちゃん。父ちゃんの帰仏にあわせるかのように、再び熱波に見舞われた暑いパリなのである。来年夏のオリンピックを控え、何か、やたら元気なパリなのであった。

冷え冷えのビールを注文し、ぐびぐび、とあおった父ちゃん。ビールと一緒に出てきたのは、タプナード！　オリーブ、ケッパー、アンチョビ、にんにくを潰してペースト状にしたタプナードは、焼いたパンなんかに塗って、バクッとするのが最高。白ワインにあうので、ビールを飲み干したら、ワインへと移るのが父ちゃんのスタイル。

ひゃあ、美味い！

足元で、三四郎が、くぅ〜ん、とねだるので、バゲットの切れ端を、与えるが、「いらないよ、バゲットばかり」という顔して、食べにゃーい。あはは。

顔なじみのギャルソンがやって来て、夏はどこに？

「日本でツアーだったの」

「おお、いいね。行きたいなぁ、日本」

ギャルソンが、知っている日本についての蘊蓄《うんちく》を一通り聞くのも楽しい。

この、なんでもないような日々のやり取りが、カフェにはくっついてくる。

彼らに会うためにカフェをはしごするのである。

カフェの魅力は、そこのワインのセレクト、料理の味、雰囲気、そしてギャルソンのキャラクターなのであった。みんな個性的で、面白い。でも、歴史ある仕事なので、プライドがある。給料もかなりいいのだ。今はギャルソンが人手不足で、女性給仕が働く店も増えた。最近流行りの新しいタイプのファッション・カフェ（特にコストグループ系）では、経験のない可愛い子が、選ばれ、給仕をしている。若くてぴちぴちでいい子たちなのだけど、何かが、違う。やっぱ、経験かなぁ。シャンパンの開け方がわからず、ロンドンから来た友だちの買ったばかりのジャケットにぶちまけた若い給仕もいた。

「ごめんなさい、わたし、人生で生まれて初めてシャンパンを開けたので」

生まれて初めて!!! そんな未経験者を雇う新しいパリのカフェ!!! これが最近のパリのカフェ事情の根本にある問題なのだ。濡れたジャケット、店側は責任を負わず、彼女が謝るだけだった!!!

パリのカフェ文化に新しい風が吹き注ぎ込まれているので、それはそれで大歓迎なのだけれど、ギャルソン一筋、うん十年の猛者たちがきびきびと動き回るカフェがやっぱ、好きかな。

おしゃれな若い子たちはだいたい学生さんなので、そこは、仕方がない。うちの息子のような子たちなのだから…。

しかし、パリに行くなら、老舗のカフェに行き、経験豊かなギャルソンたちの皮肉とか、饒舌《じょうぜつ》な会話とか、人の間を抜けてサーブするあのダンスのような機敏さを観て頂きたい。いや、さすがに、パリの風物詩である。

ということで、父ちゃんは、長いリードを身体に巻いて、三四郎と公園を歩いた。暑いからね、さんちゃん、ヘタって歩かないので、困った困った。

もう一軒、カフェに行くか？　三四郎はカフェを見つけると、自らスタスタ、中へ入っていくのだった。ふふふ、パリ犬、サンシー、だね。わんだふる。

つまずいた時は、人生の十か条で乗り切っている

10月某日、つつましく生きる、ということをバカにしちゃいけない。ごはんをちゃんと研いで、炊いて、頂くということをおろそかにしたことはない。その一つ一つが今日を生きる上で大切なことだからである。

流れてくるツイートを見ていたら、「今はスピードの時代だ、真面目にコツコツ生きる奴はあほだ」と言ってるあほな人間がいた。そうやって、人を見下すのが、流行りになっているような昨今の風潮だが、真面目にコツコツ生きるのは人間の自由で、それを他人がとやかく言うべきことではない。

昨日、父ちゃんは「ひじきごはん」を炊いた。梅を入れて一緒に炊くのだ。これが実に美味いのである。手間暇はかかる。乾燥ひじきを時間をかけて戻さないとならないし、米を研いで、梅を入れて、炊きあがるのを待たないとならないからである。

しかし、こういう地道なことが幸せの根本にある。それでいいじゃないか。

こういう頑固おやじの「父ちゃんの人生十か条」を今日はここに記したい。

一、そこまで周囲に気を使わない。

二、まず落ち着け。
三、けっして無理をするな。
四、あまり考えすぎるな。
五、そんなに思いつめない。
六、今すぐ休んでいい。
七、自分に優しくしなさい。
八、嫌なことは忘れてよい。
九、一度、手放してみる。
十、我慢せず、泣いてよい。

自分に厳しい人ほど、父ちゃんの「十か条」を心のどこかにピンで留めておいてほしい。そんなに頑張る必要などどこにもないのだ。今日を精一杯生きようとすることは大事だが、無理は禁物。心穏やかに生きる一番のコツは、他人がとやかく言うことをいちいち気にしないことに尽きる。

人間という生き物は、みんな何か言いたい。しかし、そこに責任なんか宿ってない。だから、そんなものを素手で受け止めたら、そりゃあ、傷つくのは自分だ。

「ああ、なんか言ってやがる」でよい。人間の一生なんて、限られたものなのだ、遠慮する必要などあるものか。誰の人生だよ、ぼくの人生じゃん、でいいのだ。終わり。

そこで、父ちゃんは「オクラ納豆」と肉を少し炒め、日本酒を熱燗《あつかん》にして舐めた。

くー、美味い。一日が実に幸せになる。

ぼくはぼくの地道な日常が好きだ。今は、誰にも気を使わないでいいので、孤独でけっこうだ。たまに、遊んでくれる仲間がいるし、助けてくれる仕事の関係者もいい奴ばかりだ。変な奴とは仕事をしない。それでいいじゃん。ぼくのルールだ。気を使って苦しくなって死期を早めるような人生などいらない。好きな人だけに囲まれて生きたい。簡単ではないが、どこで線を引くか、だけだ。利用され、バカにされてまで、お金を稼ぎたくない。

ひじきごはんが最高なのだ。これが冷めたら、翌日、おにぎりにして食べると、もっと美味くなる。

日常というのは嚙めば嚙むほど味が出るひじきごはんのようなものだ。

丁寧にダシをとったお椀《わん》と、自分の好みの硬さに炊いたごはんがあれば十分である。マヨラーな父ちゃんだから、ふふふ、オクラ納豆にちょっとマヨネーズをかけてみた。そこに唐辛子と柚子の粉をふって、口に入れたら、にんまり。うめーじゃねーか、くー、父ちゃん、幸せだ。

午後は歌の練習をやった。チェット・ベイカーの「マイ・ファニー・ヴァレンタイン」をロンドンで歌う。英国人の前で歌うので、ドキドキ。発音、大丈夫かなぁ、かなり細かく練習をしているが、不安である。

父ちゃんのマイ・ファニー・ヴァレンタイン、ひじきごはんに負けない塩味があるのだ。

小さなジャズクラブの小さなステージに立つわけだが、いいじゃないか。これが最後の英国公演かもしれないが、いいじゃないか。

ひじきごはんと野菜ダシのお椀で、今日も、よく生きたと自分を褒めてやりたい。いいじゃないか。

ぼくはぼくらしく、愛犬と生きている。いいじゃんねー。

ぼくの歌を世界で一番聞いているさんちゃん。

マイ・ファニー・ヴァレンタインを歌っている間、さんちゃんはずっと父ちゃんの顔を見ていた。犬なのに、動かず、歌い終わるまでずっと、目を丸くしていた。

おお、わかるんだねー。

生き物を育てながら、ぼくはちょっとだけ優しくなれた気がする。

わんだふる。

忠犬とパリの怪人、冬のノートルダム寺院からサンルイ島まで散策する

12月某日、小説家であることをすっかり忘れてしまった父ちゃん。書きかけで中断しているノートルダム寺院を舞台にした小説の再取材のために、愛犬三四郎とサンルイ島、シテ島、あたりを散策した。クリスマスが近づいており、街角の飾り付けが美しい。

ぼくはヨウジヤマモトの黒いロングコートを着て、ハットをかぶっている。ロン毛

で、小脇に胴長短足の三四郎がいる、といういで立ちなのである。

　これは実に目立つ。しかも、三四郎もおしゃれなトレンチコートを着ているのだ。目立つ目立つ。自分で自分を見ることは出来ないけれど、たぶん、怪しいアジア人と気取ったミニチュアダックスフンドでしかない。でも、好きな恰好で歩いて何が悪い。このお気に入りのヨウジヤマモトは地面に引きずるくらいに裾が長いのである。だぼだぼのオーバーサイズなコートだが、マントみたいで気に入っている。どんどん、怪しい存在になっていく。もう失うものもない。

　でも、カフェなどに入ると、見た目が変なので、ただものではない、と思われるのか、犬が一緒だからか、わりといい席に案内される。片言の仏語で、エスプレッソ、と注文をしておく。パリらしい静かな時間が流れていく。いい時間だ。

三四郎と二人でサンルイ橋のたもとにたたずんで夕焼けなどを見ていたら、撮影していいですか、という学生写真家に声をかけられたので、どうぞ、とポーズをとってやった。美術学校の生徒さんなのだという。

　これでステッキを持っていたら、もっといい感じに違いないが、ステッキは持たない主義なのだ。ああいうものはファッションで持ってはならない。足腰が弱くなる。とまれ、明治の人と忠犬ハチ公みたいなコンビは、行きかう通行人の目を引いた。古いパリの歴史の中に、自分たちが、溶け込んでいく感じ、悪くないのだ。

　セーヌ川河畔のケ通り（編注・河岸通りの名称にはQuai《ケ》がつくことから）を歩いて、散歩を続けた。

三四郎は、てくてく、とぼくの横を歩いている。ぼくが立ち止まると、彼も立ち止まり、ぼくらは黄昏《たそがれ》る。

犬を連れて歩く、日本の小説家、なのである。

甘いものが食べたくなった。初めてのカフェに再び入り、テラス席に陣取り、ティラミスを注文した。実に、パリ的な時間なのである。ぼくはただ、じっと、世界を見つめている。三四郎はぼくの足元で、座って、やはり通りを眺めている。美味しいティラミスを食べたら、暗くなる前に、家路につこう。ティラミスを食べていたら、暗くなってしまった。三四郎のごはんの時間が迫ってきた。

お金をテーブルの上に置いて、ぼくらは立ち上がった。

こういうパリのなんでもない時間が好きなのだ。

1 人間は上手に休むこと。自分の心を洗い、汚れを脱ぎ捨てる時間が必要

月某日、ぼくは熱血男だが、上手に休むことが大事だと思って生きている。上手に休む時に、こそ、人間は知恵を得る。

今日、ぼくは三四郎を連れて、太陽を追いかけ海辺を歩きながら、森の小道を歩きながら、まとわりつく人間の邪気を払い落とすことに専念した。そして、けっして浮かれまい、と傾斜する太陽を眺めながら、自分に言い聞かせた。

ぼくの横を歩く三四郎は静かにぼくに寄り添っていた。

心が落ち着かない時、迷いがある時、判断がつかない時、調子が出ない時、人間にくたびれた時、ぼくはひたすら歩くようにしている。

ここ最近は三四郎がそのお伴を担ってくれている。

何も考えず、ひたすら歩くのだ。歩きながら、半生を振り返る。

ぼくはこのように図々しいし、激しく、向こう見ずだから、よく嫌われる。嫌われることには慣れているが、間違えていないと思うのなら、そんな自分を維持するために、ぼくは年に何度か、ひたすら歩くことを心がけている。

人間は好きだが、恐ろしい生き物なので、苦しめられる。そういう時にこそ、歩くのがいい。歩けば邪気が落ちる。

人間関係というのはややこしいので、裏切られ、人間不信になることもしばしばある。

そういう時にも無心で歩くのがよい。心を無にする時間は必要だ。

人間に疲れたら、人のいない世界を歩けばいいのだ。

そういう時の三四郎は頼もしい。彼は無垢《むく》だから、それがいいのだ。

この世界はやっかみで成り立っているので、まともに向き合うと怪我《けが》をする。表向き笑顔で近づいてくる優しそうな人の本性に驚かされることもある。自分のことを棚に上げて攻撃する人はまだいいが、後ろに潜む無数の人影が不気味だ。

「馬には乗ってみよ、人には添うてみよ」というが、これは、馬のよしあしは乗ってみなければわからないし、その人間がどういう人柄かどうかはお付き合いしないとわからないよね、という意味なのだが、経験しすぎて疲れたら、離れた方がいい。

ぼくはこの年になって、離れることを選んだ。

まったく、一人になるわけではないけれど、都会に行けば人間が多すぎて、人間の数だけ、欲望や嫉妬や差別があるので、人間にへきえきとすることがある。

そういう時は、野や海や山や丘を歩いてみるのがいいのだ。

ぼくは今日、沈む夕日めがけて、三四郎をお伴にもくもくと歩いたのだった。

人間関係の中でまとわりつく、ありとあらゆる邪気が、自然の空気の中で薄まっていくのを覚えることが出来た。英気を養う、というが、まさに、これだ。

歩く間、無心を心がけるが、どうしても反省や後悔などがわいてくる。そういう内側からの負のエネルギーも大自然の力が静かに溶かしてくれるものである。

ここ数十年を振り返ると、今の世界の状態は健康とは言えない気がする。それでも人間は生きていかないとならないので、心を整える時間が必要になる。

再び都会に戻り、人間の渦の中で回遊をしないとならない父ちゃんだからこそ、年に数度は、速度を落とし、肺の中の空気を入れ替え、心の汚れを洗い流す時間が必要なのだ、と思うのである。誰もが必要なことであろう。

世界が厳しいからこそ、ここまで美しい夕陽がある、と思えばいい。

自然は人間に教えてくれているのだから、耳を澄ませる必要がある。その通り、自然は教えてくれている。身体を洗うように、心も時々洗ってやらないとならない。

疲れている時にこそ、自然が癒やしてくれるのである。

人間が抱えている不安や恐怖や絶望は計り知れないほどに大きい。解決できない問題があまりに大きなこの世界だからこそ、自分を取り戻す時間が必要なのだった。

ぼくは三四郎を抱きかかえて、彼にも夕陽を見せてやった。

生き物を抱きしめると、その体温に癒やされる。

生きているから、ぬくもりがある。

三四郎に頬を舐められた。目元が少し湿った。

サヨナライツカ
それは、いつかさようなら、ではない。

人間の孤独を言う。

一人で生きることへの不安はないのか、とぼくがぼくに問う夜

3月某日、孤独というのは常に最高の友だちである。ぼくは過去を振り返ると、今ほど、人に恵まれている時代はないことに気が付く。多くの友だちや多くのスタッフに恵まれ、支えられ、なんとか異国で生きることが出来ている。

昨夜は、日本酒を飲み、酒粕《さけかす》を使って石狩鍋をこしらえ、一人酒宴をやった。

いやぁ〜、料理が出来るというのは人生最大の徳である。

鮭は塩と日本酒で数日漬けて臭みをとったものを利用した。葱、ゴボウ、大根おろし、とろろ昆布、などを入れた。これが、実に温まったし、健康的であった。

「辻さん、寂しくないですか？」と、たまに、訊かれる。その都度、独身であることを思い出して、苦笑してしまう。

「ま、ちょっと寂しい時もありますが、自分を第一に大切に生きています。はばかることなく」

負け惜しみなのか、そういう言葉が出てくる。でも、他人に振り回されないことにやっと気が付き、今は、一人を満喫しているので、孤独がちょうどいい。孤独に勝る幸福はない。人間は、そこを悟ることが出来れば、余生も見えてくる。

たぶん、現実的な問題として、寂しい、という瞬間もないことはない、と思う。でも、その一時的な寂しさのために、すべての人生を誰かのために、注ぐ、というのは、もうすることはない。

この幸せな孤独感を新たな人生に譲渡することは意味がない。

一人だけれど、意外と規則正しく生きている。

日本から戻って、睡眠誘導剤を飲まずに、熟睡できる日が続いている。毎朝、5時37分前後に自然と目が覚める。はばかることなく、午前中は仕事が出来る。好きなだけ、創作に集中できる。相手がいると人生が楽しくはなるが、規制も多くなる。

子育ても終わり、ぼくを縛り付けるものは、三四郎、だけとなった。三四郎がいいのは、ぼくに従順で、ぼくを飽きさせない。ぼくがつらくなって、ソファでごろんとしていると、どこからともなくやって来て、ぺたりと身体を押し付けて、パパしゃん、大丈夫だよ、ぼくはここにいる、と丸まってくれることだ。

たまに、抱っこして、とやって来て、甘い声で鳴くこともある。癒やされるし、孤独も丸くなる。人を好きになって、その人のことを考えるようになると、自分の人生が多少、邪魔されてしまう、と書くと語弊があるが、面倒見がいいので、そういう自分に疲れてしまうのだ。

独身だと、抱えるものがないので、気楽。物理的に寂しい時は、同じような境遇の友人が支えてくれる。それで、十分、である。

今は、朝から晩まで、絵に向かっている。もしくは、ギターの練習をしている。あるいは、日記を書いたり、小説に熱をこめている。その姿を誰も知らない。三四郎だけが、知っている。

昨日、夢の中に、古い古い画家の女友だちが出てきた。車を降りたら、目の前のカフェのテラス席で、絵を描いていた。二十年くらい会ってなかったので、夢の中で、びっくりしていた。横に座り、知り合った頃のことを懐かしがった。でも、思い出話に花を咲かせて、ぼくは三四郎の待つ家へと戻った。それだけの夢であったが、孤独が、満載であった。過去など、振り返ったことがなかったのに、と目が覚めて、苦笑した。

そして、これから、カンバスに向かうのである。

そしてぼくは三四郎とノルマンディの自宅に戻り、海に沈む太陽を眺めた

3月某日、パリやボルドーでの忙しい仕事がひと段落して、今朝がた、ぼくは三四郎と再び、ノルマンディの自宅を目指したのであった。というか、久しぶりのノルマンディの自宅であった。

前回は、到着した途端に、「母さんが倒れて救急車で運ばれた」と弟からの連絡を受け、すぐに日本に戻れるよう、タッチ&ゴー、パリへと舞い戻った父ちゃんであった。

そのあとは、ボルドーなどで仕事もあり、落ち着いて自宅に戻ることが出来ずにいたのだった。三四郎も海に行けず…。

ということで、今日、久しぶりに我が家に戻って、まず、床掃除、それから、シーツとベッドカヴァーを洗い、ま、大掃除ですな、をした父ちゃんであった。

三四郎はうれしそうにしておる。

ボールを投げて、しばらく、遊んで、寛いだのであった。

描きかけの絵がぼくを待っていた。

かもめたちもぼくを待っていた。

海も、風も、太陽も、何もかも、みんな、ぼくを待っていた。

ただいま〜。

あー、落ち着く。自分のふるさとに帰ってきた感じだ。

昼間、トマの店に顔を出した。

「わあ、久しぶり」

トマが走って出てきてくれて、ぼくの手をつかんだ。三四郎に水も出してくれた。

「忙しくしていたんだ。会えてうれしいなァ」

この町で最初に親しくなったギャルソンさんであった。ドレッドヘアーの女性の給仕さんもやって来て、お元気でしたか、と握手してくれた。

「いつ来ても、ここは何も変わらないね」

「ええ、どんなに忙しくてもここに戻ってきたら、疲れがとれますよ」

ぼくは、タルタル・ド・ブッフ（牛肉の生肉のタルタル）を注文した。ビールとフリットで、ちっちゃく、乾杯。

「くー、美味しい」

タルタル・ド・ブッフは人気のカフェ飯で、ここに、ウスターソースや、タバスコ、マスタードをお好みで、加えてまぜまぜし、自分の味にして食べるのだが、これが、美味い。フランス版のユッケだけれど、かなり、上品な味がする。必ず、フリットがついてくる。これが、赤肉に合うのだ。バゲットも美味しかった。さんちゃんにはあげられない。ちょっとね、舞い上がっちゃうからね、えへへ。

チャールズの店にも顔を出さないとならないし、ジャン・フランソワとも話したいことがたくさんあるし、行きつけの店も数件あるので、順繰りと、かわるがわる、顔を出す、予定…。

ロンドンライブが19日なので、それまで、ここで歌とギターの練習にあけくれるのかな。急な仕事が入らない限り、しばらく、ここでのんびりしよ～う。

さてと、夜の買い物をして、早めに寝支度をして、三四郎とソファでぬくぬくし合って、ワインでも飲んで、21時には就寝という感じかな。また、あした。

誰にも愛されていないと思う日曜日の朝に

4月某日、誰にも愛されていないのじゃないか、と思うことがある。

こういうことを思うことはないだろうか？　ぼくは、別にどうでもいいことだけれど、と思いながらも、ぼくはもしかすると、誰にも愛されていないということを認めたくないのかもしれない、と思うことがある。

でも、生きている人は多かれ少なかれ、自分は誰かに愛されているだろうか、と考える。

そもそも、愛されている、という考えは調子のいい解釈なのだろう、とぼくは思う。愛という言葉を使って、歌や小説をいろいろと書いたけれど、そういう期待感溢れる愛というのは、残念ながら、幻想だった。

ぼくは、愛を試そうと思っていたのかもしれない。

今は、愛という言葉が一番信用ならない、と思って生きている、つまり、ちょっと残念な、孤独な人間なのである。

でも、仮面の夫婦もいるし、仮面の家族も多い気がする。職場でも味方だと思っていた人が敵だったりすることもあって、人間不信に陥ることは今の時代、ごく自然なことだ。

過度に人に期待するとそうなる。寂しい言い方かもしれないが、人間は一人で生まれ（正確には病院で生まれ）、一人で死んでいく（だいたい病院で死んでいく）生き物なのである。

昨日、息子の夢を見たのだ。ぼくらはどこかのホテルをチェックアウトしないとならないが、そのホテルがあまりにも巨大すぎて、自分たちの部屋に辿り着けない。いくつもの非常階段を駆け上がり、いくつものエレベーターを乗り継いだ。ところがある階で降りると、そこには若者が好きそうなブティックがあり、息子が無邪気に、「ああ、パパ、これ買いたい」と騒ぎ出した。日本のお土産にちょうどいい、というのだ。ということはそこは日本なのかもしれない。で、Tシャツを2枚手にとった息子は、笑顔になって、ああ、あっちにもっとすごいのがある、と言い出して、ぬいぐるみを買おうとしたので、慌てて、それは違うんじゃないか、と説得するのだ。

「荷物になるし、持って帰れないよ、それにもう君は子供じゃないんだ」

と優しく言いくるめてやった。それでも息子の興奮はおさまらず、いろいろと買う手を止めないので、けっこう、大量のお土産になってしまった。チェックアウトの時間が迫っているのに、やれやれ、と思いながら、そこをあとにする。

ぼくは夢の中で、こいつにだけは甘いんだよな、と思っている自分がいて、結局、お土産だけでトランク3つにもなって、困り果てているところで目が覚めた。

今日、息子がぼくのためにスパゲッティを作りに来ることになっているので、たぶん、見た夢であろう。昼に仕事があったので、夕方、一緒にスーパーに行って買い物をし、夜ごはんを作ってもらうことに…。つまり、彼はぼくのことを心配してくれて、で、彼に出来ることは、ぼくのためにごはんを作ることだ、と思ったようなのである。

ま、夢を分析する限り、この子にぼくは愛されているとは思っているようだ。この子もぼくにウソはつくし、ぼくの悪口を友だちのお母さんなどに言ってることは、知っている。数少ない家族なので、ストレスの多いこの世界で、しかし、これらは当然であろう。

この子にとって、ぼくは父親なので、この子がぼくを裏切ったとしても、ぼくは許す。それを無償の愛というのかもしれない。

ぼくは、ご存じのように孤独だけれど、でも、愛なんてものは、貰えるものだと思ったことはない。愛というのは、差し上げるもの、だと最近、気が付き、それで十分に満足している。

愛が欠如している、と思うと、人間はダメになる。

愛は貰うものではない。あげるものなのだ。

ひそかに愛を持って生きていればいい。それが愛の本質なのである。

引退について。―ミュージシャンの決意

4月某日、プチ引退を決めた。

この夏の、東京と大阪のライブを最後に、しばらくぼくは日本での公式な音楽活動をやめることにした。

話は、2019年のオーチャードホールでの還暦ライブに遡る。コンサート当日、台風が上陸し、不可抗力で中止になった。その翌年、コロナが世界的に大流行をし、二回目のオーチャードホールでのライブも中止になった。その翌年、コロナが長引き、三回目のオーチャードホールのコンサートが中止になった。

その会場の中止にともなう莫大《ばくだい》なキャンセル費用、支払いだけが残った。プロモーターさんが赤字をどうするか、と言ってきた。聞いたら、とんでもない額だった。そこでぼくは、コロナ禍だったが、知恵を絞って、フランスのミュージシャンを集めて(相当に大変だったが、何せ、ロックダウンの最中だったので)、セーヌ川の船の上から配信ライブを行い、数千人のお客さんを集客したのだ。その売り上げで、オーチャードホールの公演中止キャンセル料を返済することが出来た。

しかし、ぼくは頑張ったが、そのライブに日本側から、誰一人来なかった。これは、アーティストが担うことだろうか？　スポティファイとかが出て、CDも意味をなさなくなり、ミュージシャンはどうやって、生きていけばいいのか、わからない時代になった。

ずっと、このことが、疑問だった。

台風やコロナは、自然災害であり、ぼくに責任はない。でも、仲間のプロモーターが苦しい、というので、ぼくは頑張った。これが事実である。知恵を絞った。

フランスのミュージシャンたち、スタッフの熱意に感謝をした。

素晴らしいライブが出来たのは、背水の陣だったからであろう。

しかし、そのライブのあと、結束が生まれた。そこで親しくなったフランスのミュージシャンたち、現地プロモーターたちとオランピア劇場を目指すことになったのだ。熱意とガッツでこれを成功させた。これは相当な体力と執念がないと出来ないことなのだ。ぼくの歴史の中で、もっとも〝辻仁成〟らしい前進だった。

オランピア劇場でのライブ審査は受験より難しいのだ。誰も出来ない。しかし、フランス音楽シーンの聖地で、ラ・ヴィ・アン・ローズを歌うことが出来た。感無量であった。

その凱旋帰国のコンサートを先の日本のプロモーター、イベンターさんが仕切って、去年、ＥＸシアターや京都劇場で、日本の仲間のミュージシャンたちと行った。

いいライブが出来たので、今年へとつながるのだけれど、ぼくはもう、この場当たり的なルーティンを繰り返す気力が残っていなかった。

ぼくが思うような音楽活動ではない気がする。内容についての協議というか、Ｚｏｏｍ会議さえもなかった。

そこで、64歳になったぼくは、憧れのコンサートホール、大阪フェスティバルホールが決まったのを一つのきっかけに、これを最後の自分の節目にしようと思ったのだ。ま、誰かが悪いというのじゃなく、このままじゃ、自分の音楽が出来なくなる、と思ったわけですよ。負のループはいかんのです。

今回も、ぼくはスポンサーを探し、宣伝をやり始めるのだけれど、これも、釈然としなかった。そこで、この4回の日本ライブを、自分のものとするために、またファンの方々の期待を裏切らないため、ぼくは、ここで、公式ライブは最後にする、と決めたのである。

これは、我が音楽人生における、背水の陣、だ。自分の退路を断ち、ここで完全燃焼するためのライブにする、ということで、ファンを裏切らない道を選ぶことが出来る。

誰にも相談しないで、決めた。

東京、ヒューリックホールの3デイズ、大阪フェスティバルホール、この4公演をただの通過点にしちゃいかん！　当然のことだ。じゃあ、どうする⁉　今のままでは、この4つのライブが、おざなりになってしまう、とぼくは恥じた。なぜなら、このライブの公演日はばたばたと決まり、内容に関する熱心な議論があるわけでもなく、タイトルもチケット発売直前にばたばたと決まって、いつのまにか、出来上がったからだった。もちろん、イベンターさんはいつも一生懸命会場と交渉してくださっている。なので、素晴らしい会場が出た。でも、何をやるか、どういうライブをやるのか、話し合いが出来る前に、また、なんとなく、箱が決まった。いいコンサートホールが少ないので、日にちも、いい日が選べないらしい。いつも、バタバタなのだ。これは、誰のせいでもない。会場が少ない、日本の、問題でもある。でも、これじゃあ、いいライブは出来ない。

オランピアの場合、審査に、一年もかかって、協力者がスポンサーになってくれて、みんなで盛り上げる方向で動いた。パリだって、いい会場は少ない。ライブ日程が決まってからは、ぼくはポスターを貼るためにパリ中を走り回った。コツコツとチケットを売った。汗だくになった。未来のない、本当の勝負だった。だから、オランピアの舞台はイキイキとしていた。あとがないことで、一過性のライブではなかった。ドラマがあった。

で、今回だが、ぼくが最終的に日本のライブ公演に関して許可したので、悪いのはぼくだ。でも、引き受けないと次がない、という焦りが、アーティスト側には常にある。次？　大事なのは今なのに？　ああ、そうじゃないのに。とまれ、ぼくが一番年上だし、ぼくに責任がある。しかし、ぼくの本当の責任は、お客さんを裏切らないことだ。集まってくださる皆さんに、本当の感動を届けることじゃないか。

そこで悩んで、考えつくした結果、〝辻仁成〟らしい最後を見つけた。

それが、引退、である。

この4つのコンサートで、日本での公式ライブは終わりにする、と決めた。ぼくは退路を断ち、日本での最後のコンサートホールで有終の美をかざりたい。チケットを手に取ってくださった方に、最高だった、何で引退するんだ、と思わせる生

涯最高の思い出を手渡したい。あるいは、将来、どこかのフェスや、プライベート・ライブ、友だちの結婚式、とかで喜んで歌わせてもらうかもしれないが、もう、JINSEI TSUJI、公式ライブは、ここで終わりにしよう。

プチ・引退というのはそういうことだ。

最後だから、これまでにない最高を見せたい。

大阪で燃え尽きたい。

懐かしい、エコーズのナンバーも歌わせてもらう。昔の仲間を思って…。

よければ、骨を拾いに来てほしい。


いつかは終わる人生だけれど、その日まで、どうやって生きるか、考えた

5月某日、牡蠣とか魚介のパスタを作ってよく食べる。海に近いところに住んでいるので、魚介の宝庫だからね、海のものには、お金がかからない。でも、都会じゃないので、寂しい時もある。なので、パリと田舎を移動する二拠点生活を送っているけれど、そのうち、徐々に田舎生活にシフトしていくことになりそうだ。ぼくの人生設計によると、この数年で、仕事をある程度整理し、人間関係が複雑にならないシンプルな暮らしへとシフトする。というのも、面倒くさいことばかりなのだ。生きていると…。人間不信になりそうな、毎日。もめ事はもういらない。

寂しいけれどもめ事のない人生を選ぶのか、賑やかで寂しくないけれどもめ事だらけの人生を選ぶのか、人間はある時に決めないとならない。

コロナワクチンのせいかどうか知らないけれど、最近、心臓をおさえて亡くなる知り合いが増えていて、やれやれ、次は俺かもな、と思う毎日である。なので、もういいよ、人間関係の面倒くさい一生なんか、と思い始めている。

終《つい》の棲《す》み家《か》がどこになるかわからないけれど、そろそろ、そういうことも考え出している。

パリじゃない、やっぱり、ノルマンディあたりかな、と思う。

友人のジャン・フランソワがよく食べに来る。奥さんと来ることもあるが、ふらっと、アペロをしに立ち寄って、持論を展開して帰っていく。彼は、かつてパリの不動産王でもあった。でも、一大決意をして、ノルマンディに拠点を移し、自分の会社を売っぱらった。運転手付きの生活を捨てて、今は、田舎で小さなホテルとか、エアビーなどを経営している。

「テロが引き金になった。耐えられなかった。小さな息子がいて、家に帰ってくるまで、心配でならなかった。一時間おきに、子供の携帯に電話をして安否を気にするようになった。地下鉄やバスが怖かった。みんながテロリストに見え始め、妻に田舎への移住を相談したんだ。妻は嫌だ、と最初は拒絶した。でも、ぼくは必死だった。まず、五年くらい前に、海沿いに小さなアパルトマンを買った。そして、パリとここを結んだ二重生活がスタートした。そのうち、妻が、ここを気に入ってくれるようになった。それがわかった時に、移住したい、と申し出た。数年前のことだ。一か八か、ある意味、賭けだったけど、苦しんでいるぼくを見かねた妻は、仕事をやめて、ぼくについて来てくれた。ぼくはパリジャン向けの小さな不動産屋をこの町で始めた。それは正解だった。みんな、パリから逃げたかったからだ。パリジャンの気持ちがわかるぼくは適任者だった。だから、物件が売れた。そのお金で、ぼくはアパルトマンを買い続け、それをセンスよく、パリジャンに好かれるような民宿へとアレンジを重ねていった。今では、サイドビジネスとして安定的な財源となった」

彼はまだ若い。ぼくより、うんと若い。でも、あくせくする人生を捨てて、田舎で、田舎という地の利を利用して、第二の人生をスタートさせたのだ。

この間、近くの村の「なんでも食材店」（ようは地元の人たちが作ったパンとかケーキとか野菜とかワインとかを売ってる変な店）に顔を出すと、レジ脇の椅子に腰かけ、店番をやっていた。

「何してんだ？　こんなところで？」

「いや、暇だからさ、ここで油を売ってる」

客が「行者にんにく」を持って入って来た。

「5ユーロね」

レジの音…。客が帰っていった。

「楽しそうだね」

「楽しいよ。パリでは人間関係でくたくたになった。お金はうんとあったが、人生はすり減っていた。でも、今は、ストレスゼロだよ」

「いいね」

「都会で頑張っても、人間は絶対に成功しないように出来ている。小銭は稼げる。何億稼いでも、俺は心にゆとりがなかった。でも、今は、御覧の通りさ、友だちの店の店番をして、ビールを飲んでる。自分がやっているエアビーは、ずっと予約で埋まっている。ゲストに朝、パンを届け、彼らの愚痴を聞いて、ウインクをしてから、ぼくは海に行く」

「でも、刺激のない人生でいいの?」

「刺激はあるよ。妻も子供もいるし、同じように脱都会派の仲間たちがここには大勢いて、文化度も高いから、楽しい」

「また、食べに来いよ。君の好きな牡蠣のパスタを作ってやるよ」

「いいね」

「あ、おれも行者にんにく、一つ貰うわ」

「持ってけ、それは、俺のおごりだ」

ぼくらは笑顔で、別れた。

6

父ちゃんにも父親がいた。さんちゃんにも父親がいる。父から子へのバラード

月某日、昨夜、父親が夢の中に出てきた。

夢の中でぼくは大きな家に住んでいたのだけれど、父親がやって来て、ち

ょっと血栓が出来てるみたいなんだ、と言った。ぼくは父さんを振り返り、そうなんだ、と言った。

不意に夢に出てきたので、びっくりしたぼくは、目が覚めてしまった。

それで、ぼくにとってあの人はどんな人だったのだろう、と考えてしまった。夢に出てきたのは、三年ぶりくらいじゃないか、と思う（母さんは出てきた記憶がない）。どういう気持ちで、ぼくを育てたのだろう、と思った。

父親は忙しい人だったので、遊んで貰った記憶がない。一生懸命働いてる人、という印象しかなかった。でも、それが父親なんだろうな、と子供ながらに思っていた。それから、外反母趾《がいはんぼし》の矯正具を外し、キッチンに行き、コーヒーを淹れながら、なぜか、コロナ禍の時のことを思い出した。あれは、すごい経験だった。

完全ロックダウンの中、息子とアパルトマンから出ないで、過ごさないとならなかった。学校は休み、外出が出来ない、しかもフランスで暮らしている、…苦しい時期だった。

薄暗い光の中、自分の手を見た。父さんはいつ、死んだんだっけ、と思った。ぼくは父親のことをどう思っていたのだろう、と考えた。そしたら、三四郎が、やって来て、ぼくの足元で丸くなった。自分の背中をぼくに押し付ける感じで…。

この夜が寂しかったのかな、と思ったので、抱きかかえてやった。

ぼくは父親に抱きかかえて貰った記憶がない。弟の恒久《つねひさ》はあるだろうか？　父親というのは、いったい、なんだろう。父ちゃんは、そう、思った。

腕の中にいる、三四郎の、口の中をチェックした。真っ白なおできも悪性ではなく、小さくなっている。お医者さんに、大きくなったら癌《がん》の可能性がある、と脅されていたので、しばらくは、ドキドキして過ごしていたが、たぶん、もう、大丈夫であろう。

こちらがあんなに心配をしたというのに、さんちゃんは、何事もなかったかのように、ぼくの腕の中で、ぬくぬくしている。

この子は、ぼくのことをなんだと思っているのだろう？

飼い主、だろうか、親、だろうか？

父親は、誰にも迷惑をかけないで、死んでいった。病気になって入院をし、そこで、息をひきとった。トイレに行って、ベッドに戻り、そのまま、誰にも迷惑をかけないで、静かに永眠した、らしい。猛烈なサラリーマンだったが、退職したあと、目標をなくし、自ら人生を閉じるように、この世から去っていった。

でも、不思議なことに、二、三年に一度、ぼくの夢の中に出てくる。そして、そういう時は、だいたい、何か、ぼくにとって、人生の交差点に差し掛かるような時期だったりするのだ。

父さんは、何を言いにやって来たのだろう。心当たりはある。語り合ったことも、抱き上げて貰ったこともないが、でも、やはり、父親なのである。夢に出てきて、何か、示唆しているのは間違いがない。それとも、ぼくが、そこを見ている、ということかもしれない。

さて、さんちゃん、散歩に行こうか？　三四郎が尻尾をふった。

この子にとって、ぼくは、きっと父親なのであろう。わんだふる。

人生の後半をどう生きるか。後半をおろそかにしない生き方

7月某日、人生は後半の方が長いというのに、後半をおろそかにしがちだ。そういうことをここ数年、ぼちぼちと考えてきた。

ぼくはサラリーマンを経験したことがないので、定年退職という概念を最初から持っていないが、仮に、60歳で定年になっても、100歳まで生きるとするなら、まだ四十年も時間が残っていることになる。四十年は恐ろしく長い。40歳で退職をした人は六十年もある、ということだ。後半の人生の方が長かったりするのだから、ここは、きちんと考えておく必要がある。

そもそも「老後」という言葉はよくない。老いたあと、というのは誰がどの角度から決めつける概念であろう。定年退職で人生は終わりと思うのではなく、そこから新たに始まる、と思えば人生が面白くなる。

ぼくには定年退職がないので、音楽の引退を決めた。引退をする、ということは、ぼくにとって、終わるということではない。けじめをつけて、先へ進む、ということだ。

ぼくの場合、音楽興行の世界から引退をするが、逆を言えば、自分の音楽の新しいステップに入るということを意味している。

定年、退職、引退、これらはチャンスを含んだ区切りだと思うのがよい。人生の後

半は思ったよりも長い。その時間をもっと楽しもうと思えば、生き甲斐《がい》も増す。退職したあと、何もしないで生き続けるのは残酷かもしれない。逆に自由になるのだから、知恵と経験を振り絞って、何かを始めるのがいい。

今日は、ライブに備え、耳鼻咽喉科に行き、そのあと、行きつけの美容院に行って、髪の毛の手入れをしてもらった。スクワットを100回やり、腹筋を300回やった。修理に出していたギターを回収し、弦を張り替えた。

最後の大仕事をやり遂げたら、次の人生を考えよう、と思った。それはとてつもなく、楽しいことに違いない。死ぬまで現役でいられるように、ここからが勝負だ、と決意したのだった。

息子に頼ることはしない。

音楽興行の世界から引退をしたら、ぼくはもうワンステップ、豪快に踏み出してみようと思っている。まだ、何をやるか、はっきりとはわかっていないが、後半の方が長いのだから、ワクワクしかない。

老いているとは思わない。老いてる暇もない。老いは、自分が決めるものだ。若さと闘うつもりもない。この瞬間を切に生き切ることだ。

やめる美学というものがあって、そこから始まるものが必ずある。

ぼくも一度やめて、新しい自分を発見しようと思っている。

まだ、その全貌はわかっていないが、自分にはまだそれをやり切るだけのエネルギーが残っている。一度、やめてみる。ぼくは、そう思った。

犬がいる暮らし

202408-202409

三四郎日記

吾輩は犬である。
ここには、恐ろしい奴がいる。
お風呂とムッシュの部屋の間にいるのだ。
いつも忘れていた頃、不意に出現するのである。
気を抜いていると、遠くから、じいっと、こっちを見ていたりする。
あいつだ、と思いボクは警戒する。
暫く睨み合うが、向こうもこっちを警戒して、様子を見ている。
「ううう」
とボクは唸った。
威嚇するために、唸り声を発し続けていると、
「それはお前だから」
とムッシュが少し離れたところから、面妖なことを言い出す。
どういうことだ?
ムッシュはキッチンで料理をしている。
いい匂いがする。また何か美味しいものを作っている。
でも、ボクは動くことが出来ない。そこに、あいつがいるからだ。
ちょっと、近づいて、威嚇しようとすると、あいつも近づいてきたじゃないか。

おおお、ビビったぁ。

ボクはキッチンのムッシュの足元へといったん逃げることにした。

「三四郎、だから、それはお前だっての」

ボク？

「あれは鏡だよ。鏡に映った自分じゃないか。ほら、教えてやる」

そう言うとムッシュはボクの腹部をつかんで持ち上げ、こともあろうに、あいつの前へとボクを連行したのだった。

うわあああ、目の前に、あいつが！　それもでかい!!

「よく見てみろ。ぼくもいるだろ。お前の後ろに」

そいつの後ろにムッシュに似た人がいるが、それの意味がわからないので怖い。

なんで、ムッシュはボクを黒い変な犬と一緒にするのだろう。

なんで、そいつの後ろにムッシュのような人がいるのかも、意味がわからない。

どうなってるんだ！

「わかったろ、三四郎。これは鏡というもので、こっちを映しているんだよ。お前、わかったの？　もう成犬なんだから、わかりなさいよ、そろそろ」

ボクが、そいつに向かって、ううう、と強く唸ると、ムッシュが付けたした。

「お前、バカか？　もしかして」

そいつもボクを威嚇していた。

ボクは後ずさりし、ムッシュの足元に隠れた。

そいつも、そっちにいるムッシュのような人の足元に隠れてこっちを見ている。

「まあ、いいよ。じゃあ、慣れるまで、そうやって、ずっと唸っていればいい」

まもなく、ムッシュが何かごはんを食べ始めたので、ぼくはおこぼれを授かろうと、そいつの前を離れ、ムッシュの足元へと行った。

夜になると、お風呂場の上に、そいつが出現をする。

暗いお風呂場の上から、ボクを見下ろすのである。

ううう、とボクは警戒をする。

「だから、それもお前だっつの」

ボクが唸り声を発すると、ムッシュがボクを抱きかかえ、風呂場へと連れて行った。

「この窓に反射しているだけだよ。窓。あっちは鏡。一緒なんだ。映しているんだよ、世界を。ほら、これはお前だろ。わかるかい?」

ううう。わからない、ムッシュ、あなたは何を言ってるのか。

怖い、あいつ、ボクを睨んでる。

「反射しているだけだから、大丈夫だよ。はんしゃ。そろそろ、慣れてくれないと、疲れるんだけれど」

ムッシュが何を言っているのか、やっぱりボクにはわからない。はんしゃってなんだ?

ムッシュは呆《あき》れて、お風呂に入った。

ボクは廊下から、風呂場の天井あたりにいる黒い犬に威嚇を続ける。

でも、何も進展はなく、だいたい疲れて、ボクは自分のベッドに潜り込み、寝てしまい、するとそいつも視界から消えて、なんとなくうやむやになるのだった。

お風呂からムッシュがあがると、ガウンを着て、ボクのところにやって来る。

ボクを抱きかかえ、ソファに連れて行く。

ムッシュのぽかぽかするお膝の上で丸くなる。

油断は出来ないが、ムッシュの傍にいると安心なのだ。次第に、どうでもよくなっていく。

あいつがボクの視界に出現するまで、ボクは眠ることにする。

おやすみなさい。

||||||||||||||||||||||||||

8

三四郎を愛でる会から始まる一日。犬がいる暮らし、寂しくありません

月某日、朝、起きると、三四郎が待ち構えている。なので、まず、「三四郎を愛でる会」からスタート！　父ちゃんの日課なのである。

「おはよー、さんちゃーん！　さんしー、よく眠れたかな？　おお、そうかそうか、それはよかったねー、さんちゃん、今日も一日、パパしゃんと、精一杯生きたろうねー」

と言って、頭をスリスリ摩《さす》ってやったり、ぎゅっとハグしてあげると、いっぱい、

尻尾をふってくれる、おお、愛おし～、我が愛犬なのだった。

さっと歯を磨いたら、さんちゃんに「朝ごはん」（ただのドッグフード）をあげて、さ、散歩に、出発～。

事務所兼自宅の周辺を歩くのである。

散歩＝ピッピ＆ポッポタイムなのだった。

大きな木のたもとで、まず、ピッピ。でも、なぜか、ポッポは同じところではしない。

必ず、別の場所へ移動をしてから、する。

ま、一晩我慢しているから、朝は、ちゃちゃちゃっとやってくれるので、らくちん。

そのまま、ぐるっとカルチエを一回りして、行きつけのカフェに立ち寄るのが習慣。

もう、さんちゃん、行くのわかっているから、率先して、カフェを目指し、ぼくを引っ張っていく…。おいおいおい！

「ボンジュール」

んで、自分から、どんどん、店に、入っていく。

カフェのお姉さん、さんちゃんに笑顔（たまに、水を持ってきてくれます）。

ま、朝はいいんだけれど、午後の散歩も、どんどん、カフェに入っていくので、リードを引っ張って、今日はカフェに行かないよ、と引き留めないとならないから、大変。

カフェ犬、三四郎なのだった。あはは。

で、ぼくがカフェオレを飲んでいる間、三四郎は、テーブルの下で寝て待つのだ。でも、時々、落ちているバゲットとかを探し回ることもある。

察知したら、「ダメ」と、注意している。

三回くらい、注意すると、しゃーないな、という顔をして、諦めてくれるが、それでも諦めない場合は、

「おやつ無し！　いいんだね、おやつ無しだよ～」

と厳しめに言うと、だいたい、大人しくなって、くれる。しゅん…。あはは。

カフェの近くにスーパーがある。自分が食べる分の食材を買わないとならないことを思い出した父ちゃん。でも、三四郎は、スーパーには入れない！　ということで、さんちゃん、スーパーの前のポールにつながれ、待機～。昔は、盗まれやしないか、心配だったが、大人になったので、変な人が来ると吠えるようになった。偉いね。五分程度なら、買い物が出来るのだ。よかった。

大急ぎで魚屋に行き、イワシ14匹、２ユーロだったので、ゲット！　安っ。

今日はイワシの南蛮にしようと決めた。青魚は健康にもいいしね。半分をイワシ南蛮にして、残りの半分をうな丼ならぬ、イワシ丼にするんだ！　えへへ。

ぼくがスーパーから戻ってくると、尻尾をめっちゃふって、喜ぶさんちゃん。

「いい子だねー。三四郎は、えらいなー。ちゃんと待っていたね、あとで、帰ったら、おやつにしようね。おやつ！」

というのが、だいたい、朝のお決まりコース。

で、お昼までの時間は、今だと、個展に向けて隣の建物のアトリエに行き、二時間くらい、画布と向き合う真面目な父ちゃん。

その間、さんちゃんはお留守番～。三四郎の宿命だ。

犬は、最初ちょっと寂しいのだけれど、十五分くらいすると、寝て、忘れてしまう、らしい。ほんとかどうか、知らないけれど、誰かが教えてくれた。

監視カメラで、三四郎の動向を小刻みにチェック。

だいたい、玄関前の、自分のソファで寝ている。ぼくがいなくなると、彼は必ず、100％ここでパパの帰りを待つのだ。偉いよねー。

ぼくが一仕事終えて戻ると、鍵の音でわかるみたいで、いつも、待ち構えている。朝と一緒。

ということで、「さんちゃんを愛でる会」となる。

「よしよし、いい子だねー、お留守番できたの～、えらいねー、いい子いい子。あ、じゃあ、あれいく？」

あれ、というぼくの表情に反応をして、ジャンプして、くるくる、ぼくの足元を回り始めるのだ。あれ、あれ、あれ、ほしいよー。パパしゃん、あれくださーい。愛をくださーい♪

「おやつだァ～」

ということで、いつもの「砂肝」を半分だけ、あげるのだった。

「はい、伏せ！」

前脚を伸ばして、ちゃんと伏せのポーズをとるさんちゃん。きゃわいい。

ぼくは砂肝を三四郎の前に置いて、待て、と言う。いじわるするわけじゃなく、ちゃんと躾けるために、ちょっと待たせるのが習慣。

「よし、えらいぞ、はい、どうぞ」

はい、どうぞ、が合図になって、砂肝をくわえるさんちゃん。

そのまま、獲物をくわえて、廊下を疾走し、テーブルの下に持っていき、もぐもぐ、もぐもぐ、さすが、狩猟犬のはしくれである。あはは。

父ちゃん、お腹すいた。気管支炎の薬を飲まないとならないので、まずは、ランチにしましょう。今日は！　いえーい、イワシの南蛮だァ！

たったの1ユーロで、ゴージャスな昼ごはんになった。

気を付けないとならないのは、三四郎、必ず足元にいる、ということ。忍びの忍者みたいに息を潜めてやって来るので、気付かず、前はよく踏んづけていた。

でも、油ものとかやっている時は、もしも、ひっくり返すと、さんちゃんも父ちゃんも大やけどしちゃうので、最近は、常に、足元にいる、と思って料理をやっている父ちゃん。ま、いろいろとあるんですよ、犬との暮らし…。

はい、いただきまーす。

三四郎は貰えないのわかっているのだけれど、一応、足元から、ぼくをずっと見上げている。それが、犬のお決まりなんだよね。最初は、見られながら食べるの嫌だったけれど、最近、やっと、無視することが出来るようになった。視界から、消えるさんちゃん。騒がず、じっとしていたら、最後に、おやつのビスケットをあげることにしている。人間が食べるものは、身体によくないものが多いので、普通はあげない。ヨーグルトとか、トマトとか、そういうものなら、時々、与えることもある。でも、イワシの南蛮はねー、さすがに、ダメ～。

「パパしゃん、何食べてるの～？　なんか、美味しそうだけれど」

みたいな、物言わぬ視線。目力強い、さんちゃん。じっ～。

「さんしー、こんなのまずくて、犬には無理だよ、ダメダメだよー」

父ちゃんは、気管支炎の薬を飲んで、ま、食後は、だいたい、さんちゃんとソファで、お昼寝タイムなのであーる。

ぼくがソファに行って、ごろんとすると、三四郎も飛び乗ってきて、自分のお尻をぼくのお腹にピタっとくっつけて、すやすや～。

いいね。すやすや～。仲良しだね。

8　三四郎と暮らす父ちゃんの一日、申し訳ないが、幸福なんだもん！

月某日、ということで、日記で、三四郎との一日を細かく紹介しようと思ったら、書くべきことが多すぎて…、ということで、今日は、その後編なのである。あはは。

ランチのあとは、一緒にソファで昼寝なのだけれど、昼寝は寝すぎると、夜眠れなくなるので、タイマーをかけて、十五分と決めている。

起きたら、午後の仕事をする。ここは小説を書いたり、エッセイを書いたり、している。その間、もちろん、さんちゃんは、パパしゃんの仕事が終わるのを、ひたすら、待つのだ。

休憩の時に、仕事場からキッチンに向かうと、後ろに三四郎…。

さんちゃん、水がない時は、水の皿の前に座り、物言わぬポーズをとる。

「あ、ごめん。水がないね、すぐ入れます」

さんちゃん、おしっこしたい時とかは、玄関の前に座り、物言わぬポーズ。

「あああ、さんちゃん、ピッピかい？　ごめんごめん、すぐ行こうね」

物言わぬし、吠えないので、意思疎通に時間がかかるのだが、とにかく、根気強い子なので、気長にぼくが気付くのを待っている！

15時くらいになると、コーヒーブレークだから、さんちゃんにもビスケット。

それから、16時くらいに、再び、散歩に出るのだが、ここがけっこう、大変なのだ。

朝はちゃんとしてくれるが、夕方のピッピとポッポはかなり気まぐれで、遊びが優先になるから、引っ張り回される！

なので、ひたすら、ついていく、家来になっている。

仕事の続きがしたい父ちゃんだが、でも、しょうがないよね。行ったり来たりするさんちゃんの、あとをくっついていく、亡霊のような父ちゃんなのだった。で、ポッポの時は、お尻をふりふりしだすので、それが合図になる。よっしゃー、来た！

でも、生き物を飼うというのは、こういうことが大事だからね。

忙しい人間の父ちゃん、自分らしさを保つために、さんちゃんがいるんだ、人間性回復の時間だ、と言い聞かせて、付き合っているのであった。あはは。

近くに、若い夫婦がやっているカフェがあり、そこのビールが冷えていて美味しいから、三四郎と顔を出す。ビールを飲んでいる間、さんちゃんはまたまた、足元で、ごろん。時々、そこに犬がやって来ると、がばっと起きて、なぜか、この時だけは、めっちゃ勇ましく吠えるのである。月に一度、吠える時があるとしたら、こういう時なのだ。自分のテリトリーを荒らされる感じがするのだろうか、レストランだろうと、カフェだろうと、吠える！

ま、でも、ちょっと安心する。

「さんちゃんはちゃんと番犬が出来るえらい子だね。よく、吠えたね。大丈夫だからね、パパしゃんが一緒だから、もう、怖くないよ」

と言ってあげる。

さんちゃん、番犬面して、うーうー、としばらく、唸っている。

あはは、わかったわかった、君は強いよー。

夜は、19時になると、三四郎が、パパしゃんの足元にやって来て、見上げてくる。

「え、まさか、もう、そんな時間？」

時間を確認すると、ジャスト、19時なのだから、犬の腹時計って、すごい。

いつも同じグラム数の餌を与えているから、ちゃんと規則正しく消化している証拠。

ところで、三四郎のごはんだが、ドッグフードの上に、自家製の蒸し鶏野菜スープを載せて食べさせている。これの喰いつきがすごい。朝は、ただのドッグフードなので、喰いつきが悪い。鳥のささみを野菜と一緒に煮て、ダシとって、そりゃあ、美味いだろうな〜。さんちゃんが、一日の中で、一番好きな時間なのだ。食べ終わると、爪楊枝をくわえて歩くぼくの父親みたいな感じになって、サロンにやって来て、前脚で頭をかいて、うめかったなー、という顔している。

今度は、ぼくの夜ごはんなのだけれど、こっそりキッチンに行き、こっそりと料理をしていても、気が付くと、足元にこやついるのである。しかも、今、自分、腹いっぱい食べたくせに、ぼくが食べている間、ずっと、見上げているのだ。目力、強すぎやろ。

「さんちゃーん？　さんちゃんは、今、たくさん、食べたでしょ？　これはパパの！」

やれやれ。

食後、ぼくも運動をかねて、ちょっと長い散歩に出るのだ。一日の締めくくりとなる。夜の公園とか、遊歩道とかを、とにかく、歩く父ちゃんとさんちゃんなのでありました。

22時、就寝。

だいたい、こういう毎日なのである。

さんちゃんは、自分のベッドがあるのだけれど、お風呂場の竹製の洗濯籠の上がお気に入りで、中には、タオルしか入ってないのだけれど、いつも、そこに飛び乗って、高いところで、寝ている。

そこがいいんだよねー。笑。

んで、けっこう、寝言いいます。他の犬と格闘をしているのか、前脚を蹴って走っている夢のようで……。

幸せなのかな。

微笑みがたえない、犬との日々でした。

9 三四郎とはきっと天使で、ぼくらは霊的な世界を通して会話しているのだと思う

月某日、三四郎は犬なのである。

だから、学校にも行かないし、就職も結婚もない。

ただ、何の許可もなく、ぼくの横で暮らしている。いつか、ぼくもだけれど、彼もこの世を去る身なのである。

ぼくは人間で、彼は犬なのだ。

だから、三四郎は言葉が話せない。

じゃあ、どうやって、ぼくらは会話をしているのか、というと、霊的なインスピレーションで語り合っていることが最近、判明した。

「のどが渇いた。水がないよ」と聞こえた気がして、キッチンに顔を出すと、三四郎

が、自分の水を飲む皿の前にいて、ぼくを待っていた。

それが、わかったのだ。一回じゃなく、何度も、あ、水ね、と思って三四郎を探すと、水飲み皿の前でぼくを待っていたりする。

夕食は毎晩、19時と決めている。すると、その二分前くらいに、ぼくのところにやって来て、パパしゃん、とぼくを見上げるのである。慌てて、時計を見ると、いつも18時58分なのだ！

霊感か、腹時計か、とにかく、すごすぎる。

このように、犬を飼って初めてわかったことがいろいろとあった。

言葉なんかなくても、生き物はこうやって、意志を伝え合うことが出来るのだ、ということである。

人間はそのことを忘れているのではないか。

夏の引退ライブのあと、ぼくの右腕と右肩は壊れていて、時々、不意に激しい痛みに襲われる。そこで、腕を押さえていると、三四郎が下から見上げているのである。

「痛い痛い、痛いよ、パパしゃんの腕が痛くて、絵も描けないし、ギターも弾けないよ」

三四郎にわかるわけがないか、と思って、彼を跨《また》いで、通り過ぎ、ソファに腕を押さえて寝転がると、飛び乗ってきて、狭い一人掛けのソファなのだけれど、ぼくの腕に身体をくっつけて、すりすりしてくるのだから、

「わかるのか？」と驚いた。

いや、そういう気持ちは、通じるのだと思う。

「痛い痛い」と言うと、悲しそうな顔をするのである。

きっと、鏡のように、ぼくの心を、彼の目はうつしている。

それも、実際、なのだ。

そのあと、彼は、ぼくの股の間に顎を預けて、寝た。

そこ、父ちゃんの大事な部分なんだけれど…。ま、いいか。おならしないように、気を付けなきゃ。かわいいね。

寂しいなァ、と思う時、三四郎がどこからか、やって来て、ぼくを見上げる。

でも、それはただ、食べるものが欲しくて、ねだっている時でもあるのだけれど、人間がそれを勘違いすることで、三四郎との間に、不思議な霊的なつながりが出来るのも事実だったりする。

「まァ、いいよ。それでも、はい、おやつ」

おやつを食べ終わっても、三四郎はぼくについてくる。そして、ソファに寝転がると、横にピタっと張り付いてくる。

お尻をぼくにくっつけて、すりすりしながら、じっとしている。

その後ろ姿がね、なんとも、癒される。なんとも、愛おしい。

こんな風に、ぼくは、人間に愛されたことがあったかな、と思った。

彼もまた、寂しがり屋なのである。

ぼくにくっつくこの犬は、人間であるぼくに、様々なメッセージを送っている。それは言語ではないから、理解できるものではないのだけれど、感じることが出来る。

理屈とか、意味じゃなく、なるほどね、と思わせてくれる温かい何かがあるのだ。

「犬を飼う」という言葉は間違いだと気付かされる。

この子から、愛を貰っているのだから、天使のような存在なのだから、と気付かされる。

ああ、なるほど、そういうことか、ぼくは、天使と出会ったんだ。

だから、ぼくは今、幸せなんだね。

もうすぐ、彼は3歳になる。

3年も生きてくれてありがとう。

わんだふる。

お誕生日、おめでとう！　三四郎の3歳の誕生日をみんなで祝う

9月某日、二日早く、三四郎の誕生日会を開いた。

ラジオの生放送のあと、スタッフさんに加え、息子とマノンちゃんが駆け付け、三四郎の3歳を祝う誕生日の会が盛大に行われたのである。

人間の年齢に換算すると、21歳ということ、らしい。

初めて、三四郎と会ったのは、２０２２年の1月のことだった。

ノルマンディとイブリン県との県境にあったブリーダーさんが営む犬の館まで、ぼ

くは生後四か月目の三四郎を引き取りにいった。

鼻に嚙まれた痕があり、売れ残ってしまった子犬のさんちゃん。

びくびく、怯えていた。

でも、一目見て、この子だな、と思った、その直感が、三年も続いたことになる。

すっかり、成犬になり、破壊癖、嚙み癖もなくなり、吠えない静かなわんこに成長を遂げた。

息子にとっては、家族の一員であり、スタッフさんたちからは可愛いがられ、どこに行っても人気者の三四郎になった。

うちにやって来た日は、田舎からいきなり大都会に出てきたこともあり、ぎゃんぎゃん鳴き続けた。パリはあまりに恐ろしい大都会だった。

犬小屋の中で大人しくしてくれなくて、結局、ベッドの横に犬ベッドを置いて、ぼくの足をくっつけて、一緒に眠った。

最初は、おしっこシートに出来なくて、息子の部屋の前で、よくやっていた。受験生だった息子が、夜中に、「わ、爆弾ふんだ!」と大騒ぎしたこともあった。

一つ一つ、人間と同じように教えて、ダメ、ノー、から覚えさせていった。

甘やかすと大変になるから、とブリーダーさんにも教えられ、心を鬼にして、やっていいこと、いけないことを覚えさせた。

ぼくの部屋に忍び込んで、ケーキを丸ごと食べてしまったこともあった。その時は、ものすごく叱った。それ以来、仕事場への出入りは出来なくなった。

我慢することを、少しずつ覚えていった三四郎、今はもう「ダメ」と言えば、諦めるし「待て」と言えば、食べたいおやつから視線をそらし、許可が出るまで待つことも出来るようになった。

ピッピとポッポ（おしっことうんち）は毎日、決められた時間に、外で、ちゃんとやってくれるようになった。ぼくもそのタイミングがわかるようになった。

あらゆることを少しずつ、学んで、立派な成犬になってくれたのだった。

そして、ついに、3歳である。

おめでとう。

スタッフさんやマノンちゃんからたくさんプレゼントを貰ったが、その中で、一番人気だったのが、マカロン、であった。

みんなが見守る中、岡っちが、ろうそくに火をつけた。

「サンシー、お誕生日おめでとう！」

みんなが、ハッピーバースデイの歌を歌った。

そして、マノンちゃんが三四郎にかわって、ろうそくをそっと吹き消した。拍手喝采！

でも、三四郎は、きょとん、としていた。

マカロンが何か、わからないのだ！

そりゃあ、そうだ。食べて怒られないか、様子をうかがっている。あはは。

いい匂いがするな〜、という顔であった。実はこのマカロン、鳥肉とかぼちゃ味の犬専用のマカロンなのである。

クリームの部分がかぼちゃで、マカロンの皮の部分がたぶん、鶏肉味だ、と思う。

いろいろと考え抜かれているおやつだったが、三四郎には、意味がわからなすぎた。

あはは。なので、ぼくがつかんで、「さ、どうぞ」といつもの言葉をなげかけた。

これは、食べていいよ、という合図である。

三四郎、恐る恐る近づき、匂いを嗅いでから、口にくわえて、さすが狩猟犬の末裔《まつえい》だ、マカロンを捕獲したまま、窓辺の下の自分の場所へとそれを持っていった。

マカロンを床に置いて、しばらく、これはなんだろう、どうやって食べるのだろう、と不思議そうな顔をして様子を見ていた。

それから、ペロッと舐めて、いけそうだな、と判断した、次の瞬間、がぶり！

「ん？　美味しいかも」

ここで、みんな、大爆笑となった。

三四郎は、ぼくにとって愛犬だが、みんなにとっては癒やし犬なのだ。

このパリでも、ノルマンディでも、三四郎はみんなに愛されている。ぼくのことなど知らないご近所の人たちみんなが「サンシー」と言って、近づいて来る。

「3歳になるんですよ」

そう告げれば、サンシー、おめでとう、とみんなが言ってくれる。

愛犬、三四郎との暮らしは四年目に突入することになった。

長生きをしてくれるなら、あと、十五年くらいは、共に生きることが出来るだろう。

ぼくも、負けないように頑張って生き抜かないとならない。
きっとこれからも、三四郎がぼくと見知らぬ人とをつないでくれるに違いない。
犬もまた、かすがいである。

三四郎について——あとがきに代えて

三四郎は、犬だ。
三四郎は、ぼくにぴたっと張り付き、寂しさを紛らわしてくれる。
三四郎は、余計なことは言わない。人の悪口とか噂話を一切しない。
三四郎は、家族であり、友だちであり、伴走者だ。
三四郎は、他の犬が怖いから動かなくなるが、遠ざかると追いかけていく。
三四郎は、一日のうち　十七時間程度は、ひっくり返って腹を出して寝ている。
三四郎は、ぼくに気を使ってくれる。
三四郎は、息子が遊びに来るとうれしくて息子に何度もジャンプする。
三四郎は、尻尾をふる大きさで、自分の幸福感を伝えてくる。
三四郎は、よく夢を見て、寝言をいい、前脚を蹴って、夢の中を走り回っている。
三四郎は、めったに吠えない（最後に吠えたのはいつだったか、思い出せない）。
三四郎は、ぼくの話を聞くけれど、理解が出来ないので、何度も首をかしげてみせる。
三四郎は、すねる時、顎を突き出してふて寝し、目だけ、ぼくをチラ見する。
三四郎は、時々、窓の外を見ては、黄昏れている。
三四郎は、浜辺に行くと、ずっと、ずっと走り回っている。
三四郎は、おやつ、という日本語に反応をし、そわそわし始める。

三四郎は、ごはん、と言うと、寝ていてもがばっと起きて、うれしさのあまり駆け出す。

三四郎は、ぼくが歌っていると、ぼくの背中に自分のお尻をくっつけて、聞いている。

三四郎は、骨を齧っている時は、野性が戻って、ちょっと怖い感じになる。

三四郎は、時々、臭いおならをするが、ボクじゃないよ、という顔をする。

三四郎は、すいか、胡瓜、瓜系は食べない。

三四郎は、大きめの砂肝をあげると、狩猟犬の血が騒ぐのか、くわえて、消える。

三四郎は、ぼくが苦しんでいる時がわかるみたいで、ただ、寄り添ってくれる。

三四郎は、犬なんだけれど、人間じゃないか、と思わせる瞬間がある。

三四郎は、待ってもおこぼれに与かれない時、諦めて、自分の寝床に戻る。

三四郎は、ぼくが絵を描いている時はアトリエの玄関前で、終わるのを待つ。

三四郎は、ぼくが買い物している間、ずっと玄関で待ち、ドアを開けると尻尾をふる。

三四郎は、ぼくが料理をする時、１００％、ぼくの足元にいる。

三四郎は、ぼくが食事をする時、１００％、ぼくの足元でぼくを見上げている。

三四郎は、何も貰えなくても食後、ぼくの横に寄り添い、食べた気になっている。

三四郎は、見えないものたちから、ぼくを守っているような気がする。

三四郎は、特別な波動で、ぼくの体調を整えてくれている気がする。

三四郎は、ぼくがぼくのままでいいことを、唯一、知らせてくれる存在でもある。

三四郎は、三四郎なりに、愛を大切にしている。

三四郎は、ぼくが忙しくて時間がない時にも、ぼくが唯一、世話する生き物だ。

三四郎は、押しつけがましくなく、無垢で、わきまえている。

三四郎は、そこにいて、今日もぼくをただ、ゆるしてくれている。

三四郎は、玄関の扉の前で、ぼくを待つ。

三四郎は、うんちをする時、前脚と後ろ脚をくっつけ背中を丸め、愛おしいポーズをとる。

三四郎は、抱きしめてあげると、本当にうれしくなって、尻尾がプロペラになる。

三四郎は、その眼力が強く、目でものをいう。

三四郎は、都合が悪くなると、聞こえないふりをする。

三四郎は、散歩に出ると、言うことを聞かない子になる。

三四郎は、仲良しの犬たちと公園で会うと、じゃれて、取っ組み合いになる。

三四郎は、近づいてきた犬に匂いを嗅がれている間、じっとして、様子を見る。

三四郎は、お水がなくなると、水の皿の前で、ぼくが気付くのをずっと待つ。

三四郎は、ぼくがボールを投げると必死に取りに行くが、戻ってきてもボールはくれない。

三四郎は、おやすみのキスをしてあげると、天使になる。

本作品は、Webサイトマガジン「Design Stories」コラム
（2022年1月～2024年9月掲載）を
抜粋・構成し加筆修正したものです。

イラストレーション
辻仁成

ブックデザイン
鈴木成一デザイン室

著者プロフィール

辻 仁成
（つじ・ひとなり）

作家。1989年『ピアニシモ』で第13回すばる文学賞を受賞。
97年『海峡の光』で第116回芥川賞、
99年『白仏』の仏語版「Le Bouddha blanc」で
フランスの代表的な文学賞であるフェミナ賞の外国小説賞を日本人として初めて受賞。
『十年後の恋』『真夜中の子供』『父 Mon Pére』他、著書多数。
『父ちゃんの料理教室』『パリの"食べる"スープ 一皿で幸せになれる!』など、
料理に関する著書にも人気が集まる。
パリとノルマンディを往き来する日々。

Webサイトマガジン「Design Stories」主宰
X（Twitter）: @TsujiHitonari
Instagram: @tsujihitonari

犬と生きる

2025年2月27日　第1刷発行
2025年3月11日　第2刷発行

著者　辻 仁成

発行者　鉄尾周一

発行所　株式会社マガジンハウス
〒104-8003
東京都中央区銀座3-13-10
書籍編集部　☎03-3545-7030
受注センター　☎049-275-1811

印刷・製本　株式会社リーブルテック

ISBN978-4-8387-3311-8 C0095